KB076432

나는 단군왕검이다

1판 1쇄 인쇄 | 2024년 03월 18일
1판 1쇄 발행 | 2024년 03월 22일

지 은 이 | 박선식
펴 낸 이 | 천봉재
펴 낸 곳 | 일송북

주　　소 | 서울시 성북구 성북로 4길 27-19(2층)
전　　화 | 02-2299-1290~1
팩　　스 | 02-2299-1292
이 메 일 | minato3@hanmail.net
홈페이지 | www.ilsongbook.com
등　　록 | 1998.8.13(제 303-3030000251002006000049호)

ⓒ박선식 2024
ISBN 978-89-5732-325-0(03800)
값 14,800원

※ 책값은 뒤표지에 있습니다. 잘못된 책은 구입처에서 교환해 드립니다.

고대

신화가 아니라 실재했던 한겨레의 국조

나는 단군왕검이다

박선식 지음

일송북

서로 잘 어우러져 하나가 되는 홍익인간 공공사회를 일구었노라

"나는 임금이 되어 우리 겨레를 홍익인간의 삶으로 이끌려 애썼다. 그러면서도 자연의 원리에서 떠나지 않으려 했다. 융통성을 바탕으로, 공동체를 사안에 따라 매우 유연하고도 능란하게 운영하려고 했다. 반란과 대홍수를 이겨내고 모두 하나가 되는 공공사회를 일구었노라."

-단군왕검이 독자에게-

서문

한국을 만든 인물 500인을 선정하면서

일송북은 한국을 만든 인물 5백 명에 관한 책들(5백 권)의 출간을 기획하여 차례대로 펴내고 있습니다. 이는 긍정적이든 부정적이든 우리 역사에 뚜렷한 족적을 남긴 인물들의 시대와 사회를 살아가는 삶을 들여다보고 반성하며, 지금 우리 시대와 각자의 삶을 더욱 바람직하게 이끌기 위해서입니다. 아울러 한국인의 정체성은 무엇인가를 폭넓고 심도 있게 탐구하는, 출판 사상 최고·최대의 한국 인물 총서가 될 것입니다.

시리즈의 제목은 「나는 누구다」로 통일했습니다. '누

구'에는 한 인물의 이름이 들어갑니다. 한 인물의 삶과 시대의 정수를 독자 여러분께 인상적 · 효율적으로 전할 것입니다. 무엇보다 지금 왜 이 인물을 읽어야 하는가에 충분히 답해 나갈 것입니다.

이번 한국 인물 500인 선정을 위해 일송북에서는 역사, 사회, 문화, 정치, 경제, 국방, 언론, 출판 등 각 분야의 전문가들로 선정위원회를 구성했습니다. 선정위원회에서는 단군시대 너머의 신화와 전설쯤으로 전해오는 아득한 상고대부터 아직도 우리 기억에 생생한 20세기 최근세까지의 인물들과 그 시대들에 정통한 필자를 선정하고 있습니다.

우리는 지금 최첨단 문명시대를 살고 있습니다. 인터넷으로 실시간 글로벌시대를 살고 있으며 인공지능 AI의 급속한 발달로 인간의 정체성마저 흔들리고 있음을 절감하고 있습니다.

이러한 때일수록 인간의, 한국인의 정체성이 더욱 절실히 요구되고 있습니다. 그 정체성은 개인이나 나라의 편협한 개인주의나 국수주의는 물론 아닐 것입니다. 보수와 진보 성향을 아우르는 한국 인물 500은 해당 인물의 육성으로 인간 개인의 생생한 정체성은 물론 세계와 첨단 문명시대에서도 끈질기게 이끌어나갈 반만년 한국인의 정체성, 그 본질과 뚝심을 들려줄 것입니다.

한국 인물 500인 선정위원회 (가나다 순)

위원장: 양성우(시인, 前 한국간행물윤리위원회 위원장)

위원: 권태현(소설가, 출판평론가), **김종근**(前 홍익대 교수, 미술평론가), **김준혁**(한신대 교수, 역사), **김태성**(前 11기계화사단장), **박상하**(소설가), **박병규**(민화협 상임집행위원장), **배재국**(해양대 교수, 수학), **심상균**(KB국민은행 노동조합 & 금융노동조합연대회의 위원장), **윤명철**(前 동국대 교수, 역사), **오세훈**(언론인, 前 기아자동차 홍보실장), **이경식**(작가, 번역가), **오영숙**(前 세종대학교 총장, 영어학), **이경철**(前 중앙일보 문화부장, 문학평론가), **이덕수**(시민운동가, 시인), **이동순**(영남대 명예교수, 시인), **이덕일**(순천향대학교, 역사), **이순원**(소설가), **이종걸**(이회영기념사업회장), **이종문**(前 계명대 학장, 시조시인) **이중기**(농민시인), **장동훈**(前 KTV 사장, SBS 북경특파원), **하만택**(성악가), **하응백**(前 경희대 교수, 문학평론가)

차 례

2부
단군왕검의 어머니와 아내

3부
후손이 단군왕검께 묻고, 듣다

맺는 글

들머리 글

단군왕검은 『삼국유사』를 비롯한 일부 사서에 밝혀져 있는, 역사 기록 속의 인물입니다. 우리 겨레의 국조로 인식되어 온 위인이죠. 하지만 학계는 이분에 관해서 비교적 냉담했고, 강단이 아닌 곳에서 활동하는 연구자들은 지나치게 넘치는 정서적 감흥과 함께 정합성을 벗어나는 논리로 의견을 주장하기도 한 측면도 부정하기 어렵습니다. 그러나 우리는 차분하고 냉정한 자세를 유지해야 합니다. 우리가 단군은 물론 이른바 고조선 관련 역사를 살피는 데 합리적인 시선이 필요하다는 뜻입니다. 그래서 '역사적 실체로서의 고조선과 단군에 대한 연구'와 '상징으로서의 단군이 지닌 의미에 대한 이해'라는 두 가지 측면의 관점이 구분될 필요성도 있는 듯합니다(노태돈, 「단군은 우리에게 어떤 존재인가」, 『고조선·단군·부여』, 고구려연구재단, 2004, p. 80).

하지만 여전히 상고조선과 단군님에 관한 자료가 너무 모자란다는 현실은 아쉽습니다. 따라서 그러한 고민을 고려한다면, 두 가지의 합리적인 분석의 관점으로 온전한 결과물을 내려면 아직 자료를 확보할 시간이 더 필요합니다. 따라서 저는 현실적으로 당장 가능한 작업 방식을 고민해보았습니다. 고고미술사학적으로 검증할 수 있는 상고조선과 단군님에 관한 자료를 찾는 것을 지속하되, 이미 넘쳐날 정도로 많이 드러난 단군왕검에 관련한 숱한 서사의 내용에 주목하고자 한 것입니다. 그리하여 많은 단군왕검 관련 서사의 내용을 가급적 연대기적인 시간성을 고려하여 정리해보고자 결심했습니다. 물론 그러한 작업도 쉽지는 않았습니다. 그리고 서사의 내용에 대한 진위 판별 문제도 해결해야 할 과제였지만.

하지만 서사의 진위 문제는 잠시 보류하고 서사 내용의 연대기적인 정리도 의미를 지닌 작업으로 여겨졌습니다. 우선 현실적으로 가능한 작업의 방식이라는 소견으로 마음에 흔들림이 없었습니다. 그래서 제가 정리한 이 글은 이미 노출되거나 제가 살핀 단군왕검 관련 서사 자료들을 뭉뚱그려 구분할 수 있는 대로 전개된 시간성을 바탕으로 구성한 결과라고 할 수 있을 것입니다. 그런데 이 글은 단군왕검에 관해 바로 시작하질 않고, 단군왕검의 이전 시기에 해당하는 환인과 환웅에 얽힌 서사 내용을 앞에서 다루었습니다. 그렇게 구성한 기본적인 이유는 독자들에게 서사의 내용을 전달하는 과정에서 약간의 인과관계를 이해시키고자 하기 때문이라는 것을 밝힙니다.

더불어 차분하게 저와 우리 겨레가 모두 즐거이 드높일 겨레의 고갱이란 무엇인지를 거듭 헤아려봅니다. 하지만 무어라 꼭 집어 밝히기가 쉽지 않습니다. 그래서 제 잦아든 마음을 바꾸어 이 글을 읽는 분들에게 앞서 올리고자 하는 게 있습니다. 예전 근대에 함경남도 풍산군에는 마을 제의를 치르면서 바람 글(祝文)로 읽었다는 '군웅축(群雄祝)'이란 글이 있었다고 합니다. 읽을수록 사무치게 느껴지는 거룩한 뜻과 맑은 결이 적지 않게 다가오고 또 우러납니다. 하여 우리 겨레의 거룩한 고갱이를 삼가 헤아리고자 하는 제 마음을, '군웅축(群雄祝)'이라는 바람글을 우리말로 풀어 옮겨 드러내는 것으로써 제 잦아든 마음을 가름하고자 합니다. 모든 분께서 늘 하루하루를 기쁘게 보내고 많은 성과를 거두시길 바라나이다.

뭇 듬직한 높은 검(神)님, 한아비님, 겨레이음님, 터와 집의 검님, 높으신 검님들 돋은 자리의 앞에 엎드립니다.

그늘(陰)과 볕(陽)이 하나인 슬기로써 검님과 사람이 서로 곁어져서, 오래 살고 넉넉하고 굳세고 아늑해지나니 검님의 도움이 없이는 있을 수가 없습니다. 열매를 얻는 일이 넘치도록 가득해지는 것도 검님의 도움이 없이는 있을 수가 없습니다.

맡기고 쉬고자 하는 바에 생채기 날 것은 멀어지고 넉넉한 가멸됨(福)은 차고 넘치며, 온갖 낟알은 익어 오르고 여섯 가지 꾸무럭대는 숨붙이(육축 짐승)는 많이 늘어나고 시름거리는 씻은 듯이 다하여지며 어려움은 눈이 녹아지듯 이루어지이다.

넉넉한 가멸됨이나 버력(災殃)은 네 철의 때에 지키어 있거나 어루만지니 그저 꾸준함(誠)과 삼가 잡도리함(敬) 그리고 삼감(謹)일 뿐입니다.

앗아서 올리는 먹을거리(牲)를 드시는 데에 가까이 하나이다. 그저 자리하셔서 기쁘게 맛을 보시기를.

1부

단군왕검을 말하기에 앞서
샘솟는 넋두리들

1. 동방 상고사를 바라보는 관점은 어때야 할까

신중함과 조심스러운 마음가짐은 필수!

민족의 오래된 정신문화가 있어 행복을 느끼는 것은 긍정적 현상이다. 하지만 현실의 사회적 문제나 구조적 과제를 구체적으로 고민하질 않고 과거 우리 민족이 훌륭했거나, 훌륭한 정신과 철학이 있었기에 어떻든 잘 풀릴 것이라는 뜬금없는 긍정론은 어딘지 공허하다. 그 말은 우리나라 사람들이 대개 착하기에 희망이 있다는 논리와 그다지 다르게 느껴지질 않는다. 착한 사람이 그토록 많은데 어째서 우리는 온갖 말썽 때문에 끊임없이 괴로움을

선사 시기의 암사동 유적 등 수천 년 역사를 지닌 한반도의 서울

느끼는지 모르겠다.

필자는 지금의 대한민국 안에서 벌어지는 아름답지 못한 여러 사회 현상을 두고 볼 때 우리 겨레가 도대체 무엇이 위대하고 무엇이 그토록 훌륭한 것인지 회의감을 느낄 때가 적지 않다. 사실상 이제껏 겨레의 정신문화와 역사상을 살피는 데 매달려온 처지임에도 말이다. 우리가 과연 그토록 거룩한 정신문화의 주인공으로 합당한지부터 솔직히 의심스럽기만 하다. 깊은 성찰이 필요하다는 마음이 가득하다. 그래서 '내가 어떻게 하면 남이 착해질까?'라고 헤아려보거나 '나를 다스리면 남도 다스려진다.'는 아주 기본적이고도 상식적인 마음가짐을 다시금 되뇌어본다.

그럼에도 『삼국유사』에서 분명하게 확인하게 되는 우리 겨레의 '홍익인간' 정신은 결코 지울 수 없는, 지워지지 않을 위대한 정신 가치인 것은 분명하다. 그래서 도리어 지금 우리의 못난 모습이 자꾸 견딜 수 없을 정도로 싫어지는 것은 어쩔 수 없다.

『삼국유사』

고상하고 거룩했던 선조들의 정신문화가 지금의 우리를 마냥 꾸짖는 근원이자 기준이 될 수도 있다. 『삼국유사』에서 확인되는 환인과 환웅 그리고 단군왕검께서 실제로 지금 21세기 대한민국 땅에 나타나신다면 아마도 이렇게 우리를 따갑게 꾸짖을 것만 같다. '너희가 홍익인간 정신을 알기나 해? 눈만 뜨면 서로 미워하고 시샘하고 못 잡아먹어 환장하는, 못나 터진 것들이?' 그래서 상고 시기의 역사와 문화를 이야기하려면 먼저 한숨이 나오고, 어설픈 실소를 주체하기 어렵게 된다. 그리고 또 슬그머니 이런 마음이 생긴다. 상고 시기 우리 겨레의 역사성은 어떤 마음의 조리개로 밝힐 수 있고, 또 어떤 내용으로 제시해야 합리적일까? 그런 신중함과 조심스러움이 앞선다.

그윽한 마음결을 드러낸 조선조의 선비 김시습

오늘날에는 정보 기술과 산업시스템이 초고속 처리 능력으로 집적화되어 있다. 이 와중에 무려 4천 년 전 이상의 시기까지 소급하여 당시 거주인들의 생활과 문화상을 살피는 일은 뜬금없다는 얘기를 들을 수 있다. 그래서 미래가 아닌 과거를 대상으로 하는 그 고민이 여느 사람들에게는 언뜻 너무 막연하다고 여겨질 것이다. 따라서 그러한 학술적 고민을 하는 데는 우리가 미처 깨닫지 못한 가치가 그 상고 시기에 남아 있어 살피는 것이라는 전제가 제시되어야 한다. 그런데 갑자기 '상고 시기를 살피어서 얻게 되는 가치가 무엇이지?'라고 자문하게 된다.

대단치는 않지만 이제껏 줄곧 동북아 상고 시기에 관해 숱하게 질문해왔고, 또 해답을 스스로 찾아오던 필자는 새삼 상고 시기의 문화를 살피는 이유를 속 시원하게 답할 자신이 없다. 나 자신도 무척 못마땅하기만 한 점을 먼저 고백하지 않을 수 없다. 하지만 필자는 까마득한 상고 시기의 중심에 있던, 한민족의 위인으로 익숙하게 거론되어 온 단군왕검을 살펴보는 일에 다시 나서고자 한다.

그런 가운데 엉뚱하게 김시습이라는 조선시대 선비를 먼저 떠올리게 된다. 그 까닭은 김시습이 시대를 앞서 융합적 세계관을 지녔기 때문이다. 김시습은 이것저것 융통성이 있게 어우러진 관점으로 나름 마땅한 문학적 얼개를 고민하였다. 그래서 역시 그에 맞는 문학적 구성을 실행함으로써 마침내 문학적 작품화에 도달하여 오늘까지 우리에게 건네지고 있는 것으로 느껴진다.

김시습은 누구나 알고 있듯이 조선 세조의 왕위 찬탈에 불만을 느끼던, 열렬한 우국지사이자 문사(文士)였다. 한곳에 일정하게 머물지는 않고 곳곳을 떠돌며 불의한 시국(時局)을 한탄하였다. 더불어 풍부한 인문 지식을 녹여낸 유려한 문장을 통해 문학적 정서로서 마음에 불타오르던 심화(心火)를 달래던 걸출한 재사(才士)였다. 또한 그의 세계관에는 도유불(道儒佛) 사상이 융합되어 있었으니 참으로 그가 지닌 도량을 헤아리기가 어렵기만 하다.

그러한 김시습이 남긴 시문(詩文)에서 상고조선 시절에 거룩한 영도자였다는 단군을 맞이하는 당시 백성들이 기쁨에 겨워 이바지(잔치의 순우리말-필자 주)를 벌이는 모습이 비교적 구체적으로 표현된 내용을 확인할 수 있다. 바로 『매월당 시집』의 제9권에서 보게 되는 '초사의 구가에 비기다(의초사구가, 擬楚辭九歌)'라는 시문 작품이다. 김시습의 그 작품에서는 같은 조선시대의 여느 작품들에서는 좀처럼 볼 수 없는 단군 시절의 이바지, 곧 '단군과 관련된 연회(宴會)'라는 특이한 소재를 대상으로 했다는 독특함이 뚜렷하게 느껴진다. 당연한 이야기겠지만 어렴풋이 상상되던 상고 시기 생활상의 단면을 뚜렷한 문학적 상상력으로 추론케 하는 문학적 감흥을 우리에게 베풀고 있다고 평가할 수 있다 하겠다.

그뿐인가. 김시습이 지은 한문 소설인 『금오신화(金鰲新話)』의 한 부분인 「취유부벽정기(醉遊浮碧亭記)」의 내용도 곱씹어 볼 만하다. 소제목의 뜻은 '술기운에 잠기어 부벽정 정자에서 노닐던 기록'으로 풀이된다. 소제목의 뜻 자체가 퍽이나 낭만적이란 느낌을 풍긴다. 그 내용은 서두에 나온 조선시대 개성의 부유한 상인(商人)이자 문사인 홍생(洪生)이란 선비가 달빛 그윽한 평양의 부벽

김시습이 지은 『금오신화』

정을 찾는 모습부터 예사롭지 않다. 언뜻 역사 순례객의 풍모를 느끼게 하고 있는 분위기에 자연스레 젖어들게 하기 때문이다.

따라서 해당 작품을 읽는 독자는 아리송해진다. 부벽정을 찾은 정서가 작중 인물인 홍생의 마음인지, 작가 자신인 김시습의 마음인지 헷갈릴 지경이다. 이 작품에서 홍생이란 선비는 부벽정 물가에서 느껴지는 역사적 애수를 드러내는데 그 일부 내용은 다음과 같다.

한가위 날이니 달빛은 곱기만 한데/中秋月色正嬋娟

홀로 있는 재(城)가 한 눈에도 서글퍼 보이누나/一望孤城一悵然

기자묘(箕子廟) 뜨락에는 교목이 늙어 있고/箕子廟庭喬木老

단군사(檀君祠) 담 벼랑엔 담쟁이가 얽혔구려/檀君祠壁女蘿緣

해당 시구가 비록 홍생이란 작중 인물을 통해 지어진

것이지만, 실상 그 시의(詩意)는 작가 김시습의 마음 자체인 것이 분명하다. 우리는 김시습이 한문 소설이라는 문학적 장치를 통해 단군과 기자를 모두 애틋하게 그리워하던 역사 회고적인 심리에 놓여 있었음을 어렵지 않게 짐작할 수 있다.

작품 속에서 홍생이란 선비는 천 년 이상을 훌쩍 넘은 상고 시기를 더듬는 정회를 드러내며, 뜻밖에 기자의 먼 후손 되는 처녀를 만난다. 작품 속에서 "위엄이 있고도 단정하여, 마치 귀족 가문의 처녀 같았다(威儀整齊, 狀如貴家處子)."라고 표현된 그 여인은 한눈에도 아름답게 보이는 미인이었다. 게다가 그녀의 뒤에 두 명의 시녀까지 뒤따르고 있었다. 따라서 홍생은 그녀의 기품에 교양적 태도를 잃지 않는 선비의 모습으로 예를 다하였다. 이어 두 남녀는 유장한 한시로 역사의식이 바탕을 이룬 문학적 재능을 주고받는 모습을 남겨 매우 독특한 감흥을 느끼게 한다.

문제는 홍생이 마주한 처녀가 단군의 정통 후손이 아닌 기자의 후손으로 설정되었기에 주체성을 훼손하는 존재

평양 대동강의 청류벽(淸流壁)을 그린 그림의 한 부분

로 여겨질 우려가 있다는 점이다. 그러나 김시습은 정작 작품 속의 그 처녀의 말을 통해 독자들이 기자보다 앞선 단군이나 또 단군 이전의 선대 위인들의 정통성까지 모두 융합하여 거룩한 전통의 시절로 느끼도록 이끌고 있다. 곧 기자의 후손 처녀가 상고조선의 먼 어르신인 '나라의 으뜸 시조(國之鼻祖)'께서 자신을 하늘 궁전으로 이끌어 머물게 하셨다는 점을 분명하게 밝히고 있기 때문이다. 기씨 처녀가 밝힌 '나라의 으뜸 시조'라는 어른은 작품 속에서 "죽지 않는 선인(仙人)이 된 지가 벌써 수천 년이

나 되었다(爲仙不死者, 已數千年.).”라고 스스로 밝히고 있다. 이 내용은 기자가 나타났을 때 아사달산으로 들어가 신이 되었다고 표현된『삼국유사』속의 단군과 같은 맥락성을 느끼게 한다. 따라서 '나라의 으뜸 시조'라는 어른은 곧 기자가 출현하기 이전에 동방사회를 경영하던 단군과 똑같은 상고 시기의 옛적 인물인 점을 어렵지 않게 짐작할 수 있게 된다.

뿐만 아니라 기씨 처녀는 홍생에게 선사한 자신의 시구에서, 홍생이 앞서 단군과 기자를 모두 포함하여 드러낸 역사적 애수에 마치 화답이라도 하는 것처럼 다음과 같이 드러내고 있다.

옛일 안타까워 많은 눈물 흐르고 지금 생각하니 절로 시름겨우니,

/弔古多垂淚 傷今自買憂

단군님의 자취는 목멱산에만 남고 기자님의 고을은 그저 물구덩이 되었네요

/檀君餘木覓 箕邑只溝婁

작품 속의 기씨 처녀는 결코 자신의 직계 조상인 기자만을 그리워한 것이 아님을 알게 한다. 곧 기자 이전인 상고 조선의 시기에 정통 왕실의 주체였던 단군왕검과 그 후예를 모두 존경과 추모의 대상으로 삼았다는 것을 알 수 있다. 그러한 역사적 정서는 앞서 드러난 홍생의 마음과 거의 같다고 할 수 있다.

평양 팔경의 한 곳인 부벽루를 그린 모습(부벽루는 평양성의 북쪽에 있는 북성의 남문인 전금문으로부터 언덕 위쪽으로 20m 정도 떨어진 곳에 자리한다.)

결국 「취유부벽정기」라는 작품은 기자의 후손이 단군과 그 이전의 상고조선 위인들과 함께하는 의식(意識)의 공동체의 한 구성원으로 자리하고, 더불어 역사적 전통 세계관을 공유하고 있는 것처럼 형상화되어 드러나고 있음을 알게 된다. '기자가 우리 민족이냐 아니냐! 실제로 존재했느냐? 하지 않았느냐?' 따위를 따지지 않고 단군과 그 이전의 선대 위인들과 함께하는 거대한 정신자산의 공유체 속에 녹아 있다는 것을 알게 된다. 그러한 논리의 제시는 김시습이 강렬하게 드러내고 싶었던 통합화된 민족주의적 열망을 느끼게 한다. 즉, 문학적 얼개를 이용하여 기자와 단군 그리고 그보다 앞선 상고 시기의 우리 겨레가 드러냈던 거룩한 사회 경영의 바탕에 참으로 도덕적이고 참으로 기품이 담겨 있던 삶의 우미(優美)함을 반영한 측면이 그것이다. 김시습은 그만큼 우리 겨레의 정신문화를 소중히 여기고 드러내고자 했던 것일까?

'어우러짐'을 꾀하며 '보듬는 마음'

「취유부벽정기」에서 단군과 기자를 함께 거론하며 역사의식을 드러낸 김시습의 속내를 정확하게 알 수는 없다. 하지만 그의 문학 세계 속에 우리 상고 시기의 위인들이 융합되었고, 그 결과 그가 거룩한 정신 가치를 사무치게 그리워하고 있었다는 것은 분명해 보인다. 김시습이 제시하고자 했던 융합적 상고문화의식이 21세기의 우리에게 필요한 것은 아닐지 잠시 깊이 생각해본다. 왜냐고? 생각해보시라. 이웃한 중국의 지식인이나 일반인들은 입만 열면 모조리 자기들 중화권으로 끌어당겨 어지간하면 중화문화로 설명하려 든다. 하지만 우리는 어떤가. 대체로 중국과는 반대되는 모습을 보인다. 어지간하면 가르고, 이유만 발견되면 분별하려 든다. 까다롭기가 말할 수 없을 정도로 말이다.

우리는 참으로 시시콜콜 가르고 나누는 데 너무 익숙해져 있다. 그러면서 정작 우리 순수 내국인들끼리도 그리 잘 지내지도 못한다. 우리는, 내 가족이 아니면 우선 남의 어깻죽지를 밟고 올라타고만 싶지, 도대체가 다른 이를 따뜻하게 배려하거나 보듬는 데 서툴고 어색하다. 인

구 감소는 그렇게 걱정하다가도 내국인의 인건비가 비싸니 값싼 인건비로 고용할 수 있는 외국인 일꾼이 백 번 낫다고 이죽거리는 천박한 장사치들과 기업 경영자들의 속내도 그래서 얄밉지만 우리의 불편한 자화상이라 영 씁쓸하기만 하다.

물론 모든 대한민국 사람이 그런 것은 절대 아니다. 참으로 홍익인간의 따뜻한 마음을 지니고 덕성과 교양을 지닌 이도 적지 않은 것을 부인하지 않는다. 또한 아닌 것은 아니라고 밝히며 판별하고 구분하는 것은 정당하고 당연한 자세이기도 하다.

하지만 역사 기록의 문제에서만큼은 좀 더 냉정하고 합리적인 태도를 가져야 한다. 여러 역사 기록에 기자를 조선에 봉했으나 신하의 처지는 아니었다고 하는 내용 자체를 그냥 담담히 받아들이는 게 문제가 되는 것일까? 기자라는 은나라 귀족이 우리 조선을 경영했다는 그 자체가 그토록 부담스럽고 거북하게 느껴져 이른바 '기자동래설'이라는 학설이 거부되고 있는 것쯤이야 상식적 역사지식을 지닌 입장이라면 모를 리는 없다. 심정적으로도 충분히 이해할 수 있는 부분이다. 그러나 언제까지 역사 기록에 버젓이 쓰여 있어 전해지고 있는 기자의 문제를 마치 없는 것처럼 무시만 하는 것이ㅈ 될 일인가 싶다. 심지어 『구당서(舊唐書)』를 보면 "고구려는 그 습속에 음사(음란한 제사라는 뜻-필자 주)가 많고, 신령한 별의 신과 해의 신과 가한의 신·기자의 신을 섬긴다."라는 내용을 분명하게 확인하게 된다. 곧 고구려 시기의 사람들에게 기자(箕子)는 믿고 기리는 신앙의 대상 가운데 하나였고, 그 신앙 대상은 가한신(可汗神)과 더불어 함께하였음이 확인되는 것이다. 여기서 가한신이 도대체 어떤 신앙 대상인지가 의문이긴 하다. 이에는 '크한신(可汗神)'이라고 설명하는 견해도 있어 참고할 수 있다. 막연한 추론이겠으나 크한신은 단군왕검을 포함하며 그 이전의 환인과 환웅과도 연관되는 고래(古來)의 신격으로 여겨진다. 환인과 환웅의 '환(桓)'과 '가한(可汗)'이 음운상 비슷한 점도 고려할 여지가 느껴진다. 그러한 관점에서 좀 더 적극적으로 헤아려

본다면 고구려 사람들은 환인과 환웅 그리고 단군왕검 등과 연관되는 가한신은 물론, 뒤이어 출현한 기자 역시 신성시한 기자신으로 모두 보듬어 섬겼다는 논리가 뒷받침된다. 그래서 고구려인의 신앙 세계엔 보듬는 마음이 담겨 있었던 것으로 여겨진다.

한편『삼국사기』「백제본기」의 '의자왕' 조에는 고구려의 왕계가 멀리 고양 씨(高陽氏)와도 이어진다는 기록도 있어 많은 점을 고민하게 한다.『제왕운기(帝王世紀)』등에 따르면 고양 씨는 황제헌원의 손자로 알려져 있기 때문이다. 이러한 기록은 자칫 중화주의로 똘똘 무장한 중국 역사가들에게 우리 한민족이 혈통상 저들 중국 측의 아류 또는 속국이었다는 엉뚱한 논리의 바탕이 될 수도 있어 매우 신중하게 접근할 수밖에 없다. 하지만 이 문제를 좀 더 냉정하게 받아들인다면 우리 한민족과 저들 중국 측은 상고시대에 혈통을 공유했을 여지는 있지만 그러한 관련 기록 때문에 우리가 일방적으로 저들의 속국처럼 논의될 수는 없다. 왜냐하면 우리 고구려의 일부에 진짜 고양 씨의 혈통을 받은 후예가 있었다면 그들이 고양 씨의 적통 세력이었을 개연성도 있기에 중국 측에 도리어 중국이 우리 한민족의 속국이었을 개연성을 주장할 수 있기 때문이다. 그리고 무엇보다 상고 시기에는 점유하는 땅이 이웃했다면 혈통 역시 얼마든지 공유되었을 개연성은 있는 것으로 여겨진다. 하여 그러한 기록을 두고서 '속국이네', '우위에 있었네' 하며 논리를 펴는 자체가 유치할 뿐이다.

어떻든 관련된 기록들을 살펴본다면 적어도 우리 한민족과 중국 측은 서로 무슨 척을 진 세력인 것처럼 지낼 이유가 없다는 것을 알게 된다. 또한 분명한 점은 우리 민족 내부에 고양 씨의 후손도 수용되었다 하더라도 결코 중국의 아류나 속국의 개념이 아닌 혈통의 병존 양상 또는 공유 양상일 뿐이라고 중국 측 지성계에 맞받아 이야기하면 될 일이라는 것이다. 우리 민족의 일부에 고양 씨의 후손이 포함된다고 우리가 중국의 혈통적 속국이라도 되는 것처럼 떠드는 중국인이 생겨난다면 그는 요임금을 이은 순임금이 본래 동이 사람인 점부터 해명해야 할 터이다. 또한 중국 고전의 하나인 『상서』를 보면 요임금과 순임금이 중요한 시기마다 고개를 숙여 예를 올린 문조(文祖)가 확인되는데, 『상서』의 역주자들이 남긴 세주 기록에서 문조가 누구인지 알 수가 없기에 아쉬움이 남는다. 그런데 근대의 국학자인 이능화는 자신의 저작인 『조선도교사』에서 환인을 설명하는 가운데, 환인 시절의 선관이던 대왕 씨의 세력이 환인을 달리 '문조 씨(文祖氏)'로 불렀다는 내용이 분명히 확인된다. 환인을 별도로 문조 씨로 불렀던 까닭을 자세히 알 수 없어 안타깝다. 하지만 중국의 『상서』에서 보이는 '문조'가 우리의 환인이었을 개연성이 느껴짐은 무척 자연스러운 추론에 해당한다. 그러한 관점에서 본다면 지금의 중국 문물이 사실상 우리 구이(九夷) 문화에서 비롯된 것일 수 있음을 역시 짐작하게 된다. 물론 세심하고 객관적인 검토는 당연히 뒤따라야 한다.

또한 진주 소 씨의 문중에 내려오는 「상상계(上上系)」라는 문헌을 보면, 소 씨의 선조 태하공의 셋째 아들 소흘(蘇紇)이 요임금의 신하가 되어 지금의 업성(鄴城) 땅에 봉해졌다는 내용이 보인다. 그러한 기록을 모두 믿으려면 검증을 해야 하지만, 어렴풋이 우리 겨레의 일부가 거꾸로 지금의 중국 측 상고문화의 구성에 상당 부분 참여하기도 한 것을 추론하게 된다. 그리고 지금의 중국이 성립되기 전에 그 땅은 숙신과 말갈의 후예인 청나라의 땅이었고, 그 청나라의 혈통적 연고를 구태여 따진다면 한족(漢族)보다는 우리 한민족이 더 가까운 점을 중국 지성계는 이미 잘 알고 있을 것이다.

어떻든 냉정하게 『삼국유사』의 '왕검조선' 부분을 보면 기자가 출현했다는 것은 부정할 수 없는 기록상의 실재 사건임을 알 수 있다. 그 대목에서 기록자는 단군이 아사달산의 신이었다고 전하고 있다. 그 부분을 냉철하고 객관적으로 받아들인다면 기자가 출현하였을 당시의 해당 단군은 결코 기자에게 쫓긴 것이 아님을 알 수 있다. 도리어 기자 출현 시기의 해당 단군이 기자라는 새로운 인물에게 경영 능력을 펼 수 있는 기회를 주었다고 풀이하면 어떨까? 그래서 그 시기부터 단군 왕실, 다시 엄밀하게 말하면 단군왕검 이후에 영도자로 있던 어떤 단군왕검 후예와 기자 세력이 융화된 시점으로 받아들인다면 어떨까?

좀 더 풀어서 말하자면 기존의 정통 왕실 세력과 새로 출현한 실용성과 덕을 갖춘 세력이 서로 보듬어 안는 포용과 협화(協和)가 비롯된 시기라는 뜻의 '단기 협화 시기(檀箕協和時期)'로 설정하면 문제가 되는 것일까?

그러한 논리가 반드시 옳다고 주장할 의도는 전혀 없다. 다만 고민해볼 여지가 있다고 생각해서 제시해 본 것뿐이다. 만약 그러한 필자의 논리에 겨레의 문화적 주체성이 상실된 것을 어찌 해명할 것이냐고 반문할 수 있을 터이다. 필자는 그러한 질문을 상정하여 이렇게 생각해 보고 싶다. 기자가 출현하자 단군 왕실은 아사달산으로 옮겨 주로 신앙적인 신성문화를 주관하면서 추이를 관망하게 되었다고 말이다. 더불어 실제적 행정 실무는 새롭게 출현하고 들어선 기자 세력에게 위임한 것으로 볼 수 있다. 그런데 기존 단군 왕실의 무능에 따른 결과가 아닌 환인 이래 세속사회의 경영이념으로 자리 잡은 홍익인간의 정신에 바탕을 둔 드넓은 도량의 실천 덕분에 그와 같은 정치적 국면 전환이 가능했던 것으로 풀이할 수 있다. 우선 기자 세력에게 세속 경영의 행정 실무를 맡긴 것은 전통적인 단군 왕실이 장악하고 있던 행정과 정치력의 소멸과 빼앗김(被奪)이 아닌, 신진 세력에게 기회를 부여한 계기로 얼마든지 풀이할 수 있다는 의견이다. 그래서 기존 단군왕검의 후예인 상고조선의 정통 세력은 기자 세력이 출현하자 먼저 그들의 덕성과 품성을 살핀 것으로 이해된다. 이후에 그들 신진 세력들이 원만한 인품과 실무적 역량 등을 갖추었음을 넉넉히 헤아려 조선 민인의 삶에 위해를 끼치지 않고 합리적 행정을 펼칠 수 있는 능력을 종합적으로 판단하였을 개연성이 느껴진다. 근대에 이시영이 지은『감시만어』를 보면 "기자가 동쪽에서 와서 신의 이치를 흠경(欽敬)하면서 교리와 경전을 역독(譯讀)하고 아사달산(阿斯達山)에 사당을 지었으며, 그 사당은 자단목(紫檀木)으로 건조하고 삼신위(三神位)를 모셨다. 삼신(三神)은 첫째, 환인[桓因, 고어로 天父(하느님)을 뜻한다]이요, 둘째, 환웅천사(桓雄天師)요, 셋째, 환검(桓儉)인데 이 모두가 천군(天君)을 일컫는 것이다."라는 대목이 주목된다.『감시만어』의 내용을 수용한다면, 기자는 이전의 단군 왕실의 정통성을 무너뜨리지 않고 도리어 그 정통성을 고스란히 이어받고자 했음을 알게 된다.

그렇다면 기자의 단군 왕실 정통성 승계라는 과정은 너무도 다른 역사관의 재해석을 요구하게 된다. 거대한 정치력을 배려함과 동시에 홍익인간 정신의 또 다른 구현과정으로서 대개의 행정 실무를 평화적으로 인계하여 맡긴 것으로 이해할 수 있다는 논리를 뒷받침할 수 있기 때문이다.

필자의 소견에 일말의 의미가 있다면 그것은 이미 조선 전기에 자신의 문학세계 속에서 기자와 단군 그리고 그 이전의 위인들이 남긴 정신 가치를 소중하게 여기던 김시습의 어우러짐(協和)을 지향한 마음과 통한다는 것이다. 문화융합적 세계관과 크게 다르지 않는, 거의 같은 맥락의 관점을 함께하는 셈이다.

하지만 그러한 김시습의 문화융합적 세계관이 처음은 아니었다. 『삼국유사』에 이미 보이듯이 환인은 사람의 세상을 건져내고자 탐내 듯(貪求人世)하던 환웅에게 삼위와 태백 지역이 사람 사이에 크게 보탤 만하다(弘益人間)고 하였다. 이어 환인은 자신의 엄청난 정치력과 무력을 떼어주고 신세계인 신시를 경영케 했다. 이어 환웅은 범을 상징하는 겨레와 곰을 상징하는 겨레를 모두 융합하고자 쓰고 매운 두 가지 푸성귀인 쑥과 마늘로 두 세력을 수련하게 했다. 그 과정에서 이겨내지 못한 범 상징 계열을 무력으로 진압하거나 탄압했다는 기록은 보이지 않은 점을 주목해야 한다. 결코 일방적으로 제압하지 않았다는 것으로 읽히기 때문이다.

환웅의 신시 경영 자체가 협의와 화합(協和)이라는 어우러짐과 보듬는 마음이 뒤섞인 정치력의 구현과정이기도 했다는 것을 눈여겨보아야 한다. 따라서 약 천 년 뒤에 이루어진 단군왕검 후예의 기자 세력 수용 또한 주체성의 상실이 아닌 덕과 교양을 갖춘 신진 인사들에 관한 드넓은 포용의 과정으로 풀이될 여지가 얼마든지 있다. 더불어 그것은 마치 천 년 전쯤에 이미 환웅에 의해 베풀어졌던 곰 계열과 범 계열의 융화가 되풀이된 것일 수도 있다는 게 필자의 생각이다. 필자는 그러한 환웅 시기의 문화세계관을 웅호협화(熊虎協和)라는 어휘로 표현할 수 있다고 여기고 싶다. 단군왕검의 후예와 기자 세력의 어우러짐은 바로 환웅이 펼치고자 했던 웅호협화의 정신, 곧 어우러짐을 꿈꾸고 바라며 보듬는 마음이 다시 드러난 또 다른 문화 융합의 구현 과정으로 풀이할 수 있다고 생각한다.

이 예측할 수 없고 험난한 21세기에 우리 대한민국 전체 구성원에게 요구되는 미덕은 여전히 협력과 조화 곧 어우러짐(協和)을 아름답게 여기는, 보듬는 마음일 터이다. 그 근원적 연원은 바로 홍익인간의 정신이고, 뒤이어 환웅이 베풀었던 웅호협화의 마음씀과 크게 다를 게 없는 거룩함이라 여겨진다.

2. 동방 상고사회의 빛과 그림자

희미한 시간의 씨줄 속에 보석처럼 빛나는 날줄은 어디에

우리가 지난 역사를 그저 살피는 것에 그친다면 그것은 인류의 삶에 별다른 순기능이 있다고 할 수는 없다. 지난 역사 속의 실수와 착오를 되풀이하지 않을 때 역사를 연구하는 참된 가치가 있기 때문이다.

하지만 과거를 살피는 데 좀처럼 매듭이 잡히지 않는 점은 시간성이다. 달리 말하면 언제 무슨 일이 있었는지를 구명하기가 매우 어렵다는 것이다. 그것은 기록이 살아 있는 역사의 시대 곧 문자로 기록된 시기보다 앞서는 선사의 시기인 상고 시기에 해당하는 문제다.

상고의 시기에 관해 고민할 때 당혹스러운 그 시간성의 문제는 해결 가능성이 그다지 없는 게 현실이다. 물론 고고학적으로 상당히 오래된 숯이라도 발견된다면 그것을 이용한 방사성탄소연대를 헤아려 절대연대를 셈하는 방식도 있다. 그러나 모든 유물과 유적에 숯이 남아 있는 것은 아니기에 그 방법이 만능일 수는 없다.

시간성을 헤아리는 게 마땅치 않은 상황에서 활용할 수 있는 방법으로 교차비교도 있다. 그것은 일정 유적의 유물이 지니는 형상적 특성을 살펴 이미 시간성이 규명되어 조사가 완료된 기존의 자료에 견주어 보는 방법이다. 다시 말해 이미 시간대가 어느 정도 밝혀진 유물을 대조하여 유사도를 분석하고 추론하는 방법인 셈이다.

쉽지 않은 시간성의 문제이지만 동방 상고사회에 대한 흥미를 자극하는 유적과 유물은 적지 않다. 당장 우리 한반도에서도 이미 유명해진 울산의 대곡천 암각화나 남해 상주리의 석각에 보이는 도상, 평양 근처에서 드러난 청동 조각물 따위에서는 상고 시기 우리 선조들의 무척 독특한 생활상을 엿볼 수 있다.

상고 시기의 동방 여성들, 기쁜 나날을 꿈꿨지만 삶은 서글펐나

내몽골 양산의 바위에 새겨진 암화(岩畵)에는 여성인지 남성인지 모를 어떤 사람이 아랫도리를 드러낸 채 매

내몽골 음산의 바위 그림에서 전하고 있는 춤추는 무사의 모습(그래픽 처리/박선식)

우 홍겹게 춤을 추는 모습이 묘사되어 있다. 중국 암각화 연구자들은 그러한 모습을 두고 춤을 추는 무사(巫師)라고 표현하고 있다. 그 사람이 무당인지는 잘 모르겠으나 홍겨운 정서를 드러내고 있다는 것은 분명해 보이는데, 그 사람이 여성이었다면 해당 암각화는 즐겁게 지내고 싶던 선사시대 여성의 심리를 반영하고 있다고도 할 수 있을 것이다. 마냥 춤추듯이 즐겁고 설레는 기쁨이 이어진 나날들 말이다.

한편 1974년 한국의 울산 서생면 신암리에서 몹시 눈길을 끄는, 신석기시대의 여인상이 발굴되었다. 흙으로 빚어진 이 여인상 유물은 영락없는 여성의 몸매를 뚜렷하게 드러내고 있다. 하지만 이 여인상에는 사실 묘한 미스터리가 엿보인다. 머리와 팔다리가 없기 때문이다. 이를 두고 본래는 완벽한 여인상이었으나 어찌어찌 세월이 흐르면서 훼손된 것으로 그냥 넘길 수도 있는 사항이다. 하지만 일부 중국 연구자가 황제헌원의 관련 유적이라고도 주장하는 석묘석성의 경우와 견주어보면 그리 간단한 문제가 아니다. 그 석묘석성에서는 놀랍게도 젊은 여성들의

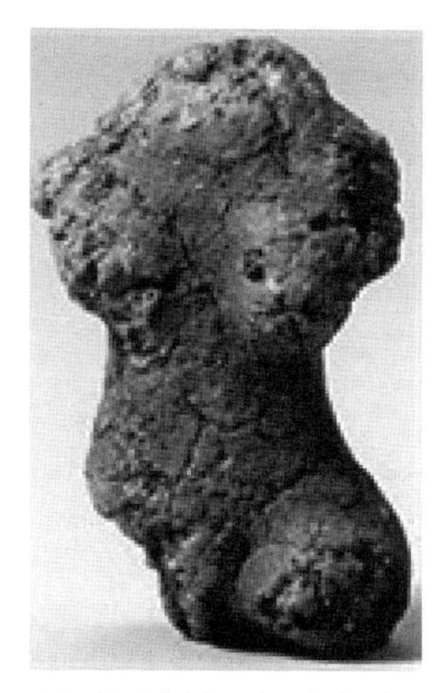

울산 신암리에서 출토된 토제 여인상

머리가 잔인하게 잘려져 있는 두개골 무더기가 발견되었기 때문이다. 중국의 석묘석성은 우리의 신암리 유적과 같이 신석기시대의 유적으로 알려져 있다.

황제헌원은 기록에 따라 '헌후'라고도 표현되었는데, 『산해경』을 보면 헌후가 청구(靑丘)의 땅에서 알유를 묻었다는 기록이 있다. 이후에 중국의 불가 역사서인 『석씨계고략』을 보면 알유는 헌후(황제헌원)의 치세보다 늦은 요임금의 치세에도 존재했고, 그 악독한 알유 세력을 무찌르고자 예를 시켜 공격케 했던 점을 알 수 있다. 결국 예는 청구의 땅에서 알유를 죽인 것으로 전해진다. 그러한 기록은 매우 예민한 비밀임을 느끼게 된다. 청구는 지금 우리 한민족과 연관되는 땅이기 때문이다. 헌후가 알유 세력을 제압하여 묻은 땅은 요임금의 명령으로 '예'라는 영웅이 알유와 싸워 무찌른 곳으로 모두 청구의 땅이라고 했다. 그러한 기록으로 보아 헌후와 '예'라는 영웅들의 활동 지역이 우리 한민족의 옛 땅인 청구였다는 것을 알 수 있다. 따라서 헌후(황제헌원)와 '예' 그리고 단군왕검을 중심으로 하는 상고 시기의 우리 선조들은 모두 같은 활동공간에서 서로 섞여 살았다는 추론을 할 수 있다. 우리가 지금 생각하는 것처럼 일정한 경계가 있었다기보다는 때로 뒤섞여 있으면서 제각기 다른 영도자를 모셨다는 논리로 이해할 수 있다. 물론 구획이 일정하게 정리된 분할 공간도 따로 존재했을 것이다.

한편 석묘석성에서 발견된 두개골은 실제 사람의 것이

지만 울산의 여인상은 흙으로 빚은 일종의 미술품이란 점에서 문화적 습속의 차이를 견주게 한다. 물론 곧바로 일대일로 대응하는 것은 무리일 수 있다. 하지만 비록 흙으로 빚은 토제 미술품이더라도 일종의 가상적 인신공희(人身供犧-사람을 희생의 제물로 바치는 행위)를 대신 표현했을 개연성을 아예 부정할 수는 없을 터이다. 그렇다면 이런 의문이 든다. 중국의 석묘석성 등지에서 볼 수 있는 바와 같이 신석기시대 사회에서는 어째서 인신공희가 이루어진 것일까? 또한 중국의 요녕성 마성자(馬城子) 25호 동굴에서 발견된 여성 인골의 다리뼈에 날카로운 화살촉이 박힌 모습은 선사시대의 여성들이 격렬한 집단적 갈등의 희생자나 피해자였을 개연성을 분명하게 느끼게 하고도 있다.

여기서 한반도의 인천 지역 송산 유적의 사례를 고민해보아야 한다. 송산 유적의 조사 결과는 좀 더 색다른 여성들의 몸짓을 짐작하게 하고 있다. 이 유적에서는 많은 갈돌과 갈판 등 제분(製粉) 도구가 확인되었고, 더불어 방추차와 같은 실을 잣는(製絲) 용구도 발굴되었다. 따라서 주로 여성들의 활동 거점으로 이해된다. 문제는 이들 유적에서 1그램도 되지 않는 매우 가벼운 석촉이 다수 발견되었다는 점이다.

필자는 그러한 유적의 특성을 바탕으로 여성들로 구성된 노동 소집단이 송산 유적을 점유했었다고 추론한 바 있다. 그리고 초경량 화살촉은 당시 여성 소집단 속의 어린 여성들의 활쏘기 연습용으로 만들어져 사용되었을 개연성마저 느낀다. 만약 어린 여성들에게 활쏘기 연습을 시켰다면 그 이유가 궁금해진다. 이유는 솔직히 모르겠다. 다만 남성의 폭력성이나 아니면 여성 소집단 자체의 수렵 활동을 위한 일종의 생업 훈련 과정일 수도 있었다는 추론을 해본다. 그렇다면 선사시대에 일부의 여성들은 떼를 지어 다녔다는 것일까? 단정할 만한 확실한 증거는 아직 부족하지만 여성 중심의 소집단이 존재했었을 개연성은 높다. 그들은 나름 자위적 무력을 꾀했을 것으로 여겨진다.

이상의 내용을 종합해볼 때 동방의 상고 시기 여성들은 내몽골 양산의 바위에 새겨진 암화(岩畵) 속의 춤추는 여인처럼 기쁘고 즐거운 나날이 이어지길 꿈꾸었던 것으로 생각된다. 하지만 실제의 삶에는 모질고 사나운 폭력이 그들의 목숨마저 위협하고 있었을 것이다. 따라서 동방 상고 시기의 여성들은 행복한 꿈을 꾸었지만, 현실에서는 몸서리치는 서글픔과 절망을 느꼈을 것이다.

상고 시기 여성들의 집단적 저항이 남긴 인간사의 교훈

1920년 무렵, 한국의 독립 투사였던 홍범도의 발문이 보이는 『행촌선생 연보(杏村先生年譜)』라는 기록이 있다. 그에 따르면 고려 후기의 고위 관료였던 행촌 이암(1297~1364)은 39세가 되던 1335년에 『태백진훈』을 저술하였다고 한다. 그 『태백진훈』에서는 "치우는 편안치 않은 곳에서 기거하고, 몸소 심고 거두어서 드러나도록 쌓았으니 언덕과 산이었다."라고 했다. 치우는 또 아홉 가지에 이르는 다짐을 통해 휘하의 사람들을 하나로 단결시킨 것으로 전해지고 있다. 아홉 가지 다짐이 구체적으로 무엇인지는 알 수 없지만 다짐의 가짓수가 많다는 점을 통해 치우가 사람들을 매우 철저하게 단결시켰다는 것을 쉽게 추정할 수 있다. 태백진훈은 "치우는 산(汕) 땅에서 삼천여 마을에 이르는 대도회를 이루었고, 널리 베풀고 이루어(廣施而成) 회대 땅과 청구 땅을 평정했다(平淮岱青邱)."라고 전한다.

그러나 치우는 마침내 정치적 위기를 맞이하게 되었다. 바로 공손헌원(황제)이라는 새로운 인물이 도전해왔기 때문이다. 치우와 헌원의 대립과 격돌은 사마천이 남긴 『사기』를 통해 전해지고 있다. 하지만 현재 한국의 근대 역사서들을 보면 치우의 승리로 표현한 내용이 적지 않아 읽은 이를 곤혹스럽게 하고 있다.

그런데 엉뚱하게 중국의 비정통 기록물일 수 있는 도교 관련 문헌을 보면 문제 부분을 해소할 수 있는 실마리를 찾는 경우가 있다. 이를테면 『운급칠첨』은 치우와 헌원의 초기 격돌 과정에서 헌원은 치우의 상대가 되지 못했다는 것을 전하고 있어 한국 근대의 역사 기록물과 공통되는 점이 일부 확인된다. 다만 한국의 근대 기록에는 보이지 않는 여성 세력의 존재가 표현되고 있어 또 다른 의

문을 느끼게 될 뿐이다.

결론적으로 말하자면 중국 도교 기록은 이렇게 전하고 있다. "치우는 자신의 백성을 단결시키고 산업을 진작시켜 대단한 재력과 군사력을 갖추어 헌원이 도전해 왔을 때 초기에 그 세력을 여지없이 무력화했으나, 이후 적지 않은 여성 세력이 헌원을 도운 결과 마침내 치우 세력은 몰락하게 되었다."

우리가 「구천현녀전」의 내용과 『사기』 그리고 『태백진훈』의 내용까지 포괄해서 이해한다면 치우는 남성 위주의 사회를 매우 치밀하게 조직화했고, 따라서 각기 남편의 아내였던 당시 여성들은 일개 소모품처럼 단순한 조력자에 지나지 않다는 자기비하적 정체성의 저열함을 절감했을 것이다. 그러한 상황에서 서왕모와 현녀 등 당시 여성 수장들을 비롯한 모든 여성은 헌원이 치우 세력의 군사적인 압박을 감당치 못한다는 것을 알고 치우를 미워한 나머지 치우를 몰락시키기 위해 헌원 측을 총력적으로 지원한 결과 치우는 마침내 몰락했다는 것을 알게 된다.

상고 시기 남녀 세력 간 갈등의 치유와 누리를 밝힌 거룩한 마음씀

동북아의 상고 시기에 드러났던 남녀 세력 간의 갈등 양상은 언제 치유되었을까? 하지만 그에 관한 명확한 사례는 쉽게 확인되지 않는다. 다만 『회남자』의 기록과 『제왕운기』 등의 일부 기록을 통해 사회 갈등의 해소와 치유를 지향했다는 것을 다소 알 수 있어 주목된다.

『회남자』의 권5, 시칙훈(時則訓) 부분은 조선과 청토(青土) 등 우리 겨레에 관한 짤막한 내용을 전하고 있다. 그 내용은 다음과 같다. ❶"동방의 끝은 갈석산에서 조선을 지나고 대인국을 지나 동방의 일출 장소인 부부목의 땅, 청토 수목의 들(青土樹木之野)에 이른다. 그곳은 태호와 구망이 맡은 데(太皞句芒之所司者)인데 1만2천 리다." ❷"그곳에서는 다음과 같은 정령이 공표된다. '무리를 옥죄는 것을 뽑아내고 잠겨 닫힌 것을 열며 막힌 바를 두루 미치게 하여 가로막힌 요새를 이르게 하라. 도탑게 거닐어 돌아다니게 하고 슬퍼함과 미워함을 버리며 노역과 죄업

降冰凍消釋(夏氣炎陽有多霖雨故水凍散固也時雪當降而不降水凍不當消釋而消釋皆于時之徵也)十

二月官獄其樹櫟(十二月歲盡刑斷故獄官也櫟可以為櫟[illegible]水不出火准櫟為火[illegible]息陰氣也)

五位東方之極自碣石山過朝鮮貫大人之國(碣石在遼西界海水西畔)

(朝鮮樂浪之縣也貫道也大人國在其東也)東至日出之次扶榑木之地青土樹

木之野(榑木榑桑)太皞句芒之所司者萬二千里(太皞伏羲氏東方木德之帝也)

(句芒木神司主也)其令曰挺羣禁開閉闔通窮窒達障塞行優游棄

怨惡解役罪免憂患休罰刑開關梁宣出財和外怨撫四

方行柔惠止剛強(剛強侵陵人不循軌度者禁止之也)

南方之極自北戶孫之外(北戶孫國名也日在其北皆為北向戶以日故北戶)貫顓頊之

國南至委火炎風之野赤帝祝融之所司者萬二千里(赤帝

少典之子号為神農南方火德之帝也祝融顓頊之孫老童之子吳回也一名黎為高辛氏火正号為祝融死為火神也)其

令曰爵有德賞有功惠賢良救飢渴舉力農振貧窮惠孤

『회남자』의 권5, 시칙훈에 보이는 상고 '조선(朝鮮)'

에서 벗어나게 해주고 걱정과 시름을 벗기며 징벌과 형벌을 그치게 하라. 관방과 교량을 열고 창고의 재물을 베풀며 바깥의 원한과 융화하고 사방을 어루만져 부드러운 은혜를 시행하며 굳센 강포함을 그만두라."

『회남자』의 권5, 시칙훈 부분에서는 조선을 비롯한 동방의 네 곳 지역 거주인들의 사회에 폭압이 아닌 자유스러운 인간 중심 정책이 펼쳐졌다는 것을 느끼게 된다.

3. 환인과 환웅에 관한 다채로운 서사(敍事)들

우리 겨레의 물질문화와 정신문화의 시원에 관한 고민

우리 역사를 물질문화로 살펴본다면, 그 중요한 학문적 수단은 고고미술사학적 조사의 결과에 바탕을 두어야 한다. 그러나 관련된 전승담이 기록된 문헌 자료나 그보다 더 분명한 역사 기록이 있다면 크게 주목해야 한다. 적어도 누가 어느 시기에 쓴 근거만 확인된다면 최소한의 심정적인 실마리를 찾을 수가 있기 때문이다.

한국사의 물질문화를 한반도로 좁혀 살펴본다면, 충북의 금굴 유적은 빼놓을 수 없는 논의 대상이다. 우리는 금굴 유적을 통해 적어도 대략 70만 년 전에 한반도에 구석기문화가 형성되었다는 이야기를 할 수 있게 되었다. 이후 한반도 서해안을 중심으로 밑바닥이 뾰족한 첨저형 토기문화가 펼쳐졌고, 한반도의 동부와 남부가 포함되는 지역에는 밑바닥이 뾰족하지 않고 널처럼 판판하거나 둥근 비첨저형 토기문화가 펼쳐졌다는 것은 잘 알려진 일반적 상식이라 하겠다.

그런데 한때 두드러지게 제기된 신석기시대의 정착과 기초농경이란 생활상이 과연 원만히 펼쳐졌는가 하는 점에는 신중하게 접근하게 된다. 그동안 조사된 집 자리나 무덤 자리를 발굴한 결과에서 드러난 유물의 조합 양상을 보면 고민을 하게 된다. 농경 관련 도구보다는 돌도끼와 돌화살촉 따위의 비농경 도구가 상대적으로 많이 발굴되었기 때문이다. 따라서 신석기시대에는 소극적인 기초농경과 함께 상대적으로 적극적인 수렵과 어로 그리고 채집을 바탕으로 한 생업경제가 좀 더 왕성했던 것으로 이해된다. 뿐만 아니라 집 자리가 오랫동안 지속적으로 사용되었다는 것이 분명하게 확인되지 않고, 도리어 화재나

다른 이유 등으로 집 자리는 옮겨지거나 재구성된 점이 심심찮게 드러난 점은 정착 생활이 간헐적인 이동으로 단절되기도 했던 것을 느끼게 한다.

한편 한반도의 대표적인 선사미술 유적으로 잘 알려진 대곡천의 반구대 암각화를 보면 우리의 상고 시기에 시원사회를 이루며 살았던 이들의 삶의 모습과 마음씀을 읽어낼 여지가 있다. 이 유적은 가로 새김 폭이 대략 10미터에 이르고 온갖 도상이 표현된 돌벼랑의 새김 높이는 4미터 안팎이다. 이 돌벼랑에 보이는 숱한 도상 가운데 일정하게 시선이 일치되는 소집단이 눈에 뜨인다. 이 소집단들이 까마득한 상고 시기에 한쪽으로 일치된 시선으로 한 사람처럼 함께 움직이는 모습에는 수렵 생활에 참여한 그때 사람들이 진지한 태도로 공동 수렵의 성공을 바라는 마음씀이 담겨 있는 것으로 풀이된다. 그러한 하나 된 마음씀이 읽히는 소집단은 심리학적으로도 중요하다. 일찍이 프로이트가 제시한 '남성 결사(男性結社)'의 모습일 수 있기 때문이다. 프로이트는 남성 결사 조직은 동등한 자격을 지니고, 토템 체계의 제약을 인정하는 사람들로 구성되었다고 밝혔다. 다시 말해 하나의 토템을 상징으로 삼는 집단에서 각 개인에게 일정한 규칙의 준수를 강요했다는 뜻으로 이해되는 대목이다. 그 규칙의 준수가 바로 울산 대곡천 반구대 암각화의 소집단에게서 보이는 시선 일치의 질서의식과 연관된다고 생각된다.

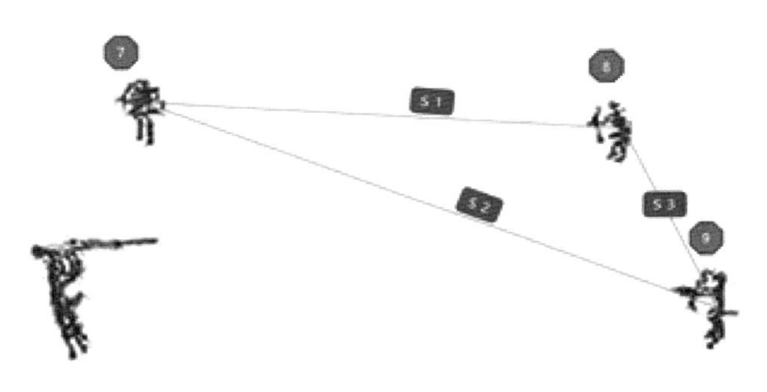

울산 대곡천 반구대 암각화에서 읽히는 시선 일치의 소집단(인물 7, 8, 9, 박선식 그래픽 처리)

한반도의 선사 미술 유적에서 남성 결사로 여겨지는 소집단의 모습은 『삼국유사』 속에 등장하는 환웅의 삼천 무리와 같은 맥락으로 읽힌다. 물론 환웅의 삼천 무리는 과정된 수치일 수도 있고, 대곡천 반구대의 암각화에서 보게 되는 시선 일치의 소집단은 그 수가 겨우 서넛 또는 열 개 남짓이다. 그러나 적은 수의 소집단이 공동 수렵에 진지하게 참여하는 모습은 하나의 질서의식 속에서 꿈틀대는 듯하다. 그들의 진지한 모습에 어쩌면 『삼국유사』에서 환인이 밝힌 '널리 사람 사이에 보탬(홍익인간)'이란 정신이 흐르고 있었을 수 있다. 왜냐하면 개인의 성실함이 공동 수렵의 최선 결과인 수렵의 성공으로 이어졌을 테고, 참된 참여의 정신과 자세를 가졌다면 공동 행복으로 연결되었기 때문이다.

또한 남해 상주리 석각은 두 사람이 맞짝(파트너)이 되어 각자 맡은 역할에 성실하게 수행하는 모습을 연상시킨다. 물론 이 석각을 두고 환웅의 사냥 모습을 새긴 것이라거나, 진시황의 명령을 받아 동방 땅을 헤매던 서불(徐市)과 관련하여 '서불이 이 곳을 지나다(徐市過此)'라는 의미로 풀이하는 등 논자들의 견해는 다양했다. 하지만 해당 석각의 도상들은 그 중심점이 마치 컴퍼스로 돌린 듯이 둥근 호의 궤적으로 배치된 점을 무시할 수 없다. 결국 이 석각은 문자가 아닌 반호(半弧) 형상의 도상으로 풀이해야 합리적이고 그 결과는 두 사람의 공동 작업 상황으로 풀이될 수 있다. 필자는 남해 상주리 석각을 통해 우리 겨레의 골고름(조화)을 지향한 정서가 이미 상고 시기에 미술 행위로 표현되었다는 것을 설명하였다. 그러한 골고름(조화)은 환인이 제시한 '널리 사람 사이에 보탬(홍익인간)'이란 정신과 크게 다르지 않고 도리어 그 바탕이 되었을 개연성이 있음을 드러냈다.

청동기문화가 본격화되기 전의 우리의 생활상을 고찰

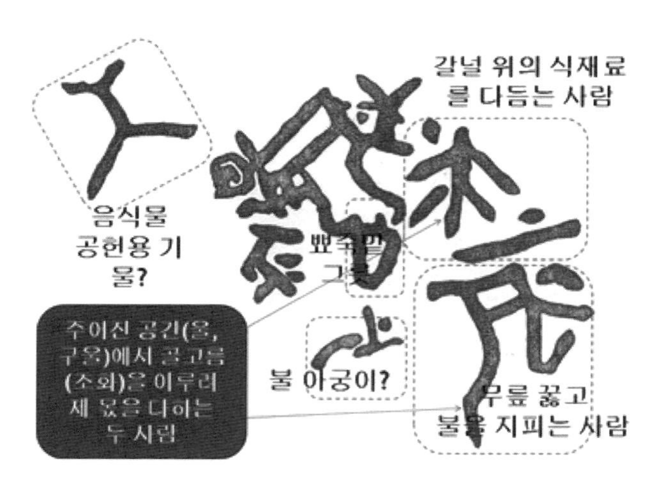

골고름(조화)의 마음씀이 반영된 남해 상주리 석각도상의 이해

할 때 시원문화에 관한 전승담은 흥미로운 자료라 할 수 있다. 특히 『삼국유사』에 나오는 환인과 환웅에 관한 내용은 우리 겨레의 시원 양상이 어땠는지를 어렴풋이나마 짐작할 수 있게 하는 실마리를 제공해준다. 특히 환인에 관한 이야기는 매우 환상적이기도 하여 그 신빙성을 의심케 하지만, 우리 겨레의 최초 모습에 관한 서술이기 때문에 신중하고도 다양한 관점으로 세심하게 검토해야 한다. 앞서 거론한 것처럼 환인이 제시한 '널리 사람 사이에 보탬(홍익인간)'이란 정신은 영원토록 우리 겨레의 마음속 자양분이 되어 우리의 정신문화를 밝히는 바탕이 되고 있기 때문이다.

환인이란 어르신

'동아일보' 1927년 8월 30일 자에 흥미로운 글이 실린 적이 있다. 필자는 백양환민(白陽桓民)이라는 필명을 가진 지식인이었다. 그는 이렇게 썼다. 곧 "환인께서 태백 땅으로부터 오셨다. 이어 아사달 땅에서 서갑 씨(西岬氏)

를 맞았고 300가지 남짓한 일들을 함께 다루었다. 그로부터 10년이 지나 왕후와 더불어 다시 산 위에서 노닐었다. 그리고 자운선관(紫雲仙官)을 시켜서 팔단대(八壇臺)를 꾸몄다. 환인과 서갑 씨께서는 그 위에서 주무셨고 부여를 낳았다. 나라 사람들이 신령하게 여겼다고 한다."(白岳叢說 桓仁降自太白 迎西岬氏於阿斯達 共理三百餘事 後十年與后復遊山上 使紫雲仙官 設八壇臺 寢其上遂生夫餘 國人神之云云.) 이 글에는 낯선 내용이 상당히 있는데 무엇보다 환인이 서갑 씨와의 사이에서 낳은 소생이 환웅이 아닌 부여라고 한 점이 가장 낯설다. 환웅과 별도로 부여라는 후예가 있었던 것인지가 궁금해지면서, 흥미를 불러일으킨다.

어떻든 이 글에서 환인은 사람누리(世上)에 요구되는 온갖 일에 관한 것을 아내인 서갑 씨와 '함께 다스림(共理)'을 구현한 양성평등의 모범적 실천자로 서술된 점이 돋보인다. 그런데 환인의 아내로 거론된 서갑 씨는 실은『신교총화(神敎叢話)』라는 자료에서 '서갑왕모(西岬王母)' 또는 '왕모(王母)'로 표현되는 여성과 비교된다. 같은 인물인지 궁금해진다. 더욱이 "왕모께서 신조(神祖)를 따른 데서 비롯되어 신시를 높여왔다"라는 내용도 보여 더욱 흥미를 끈다. 서갑 씨가 왕모이고 또 그녀가 중국 설화에서 일컫는 상고 시기의 서왕모라면 중국에서 가장 오래된 최고의 여신이 사실상 환인의 아내였다는 이야기가 되는데 이는 실로 충격적이다.

그뿐인가. '동아일보'에 기고된 글에는 환인의 시절에 이미 선관(仙官)이 있어 그를 통해 팔단대(八壇臺)라는 멋지고 살기 좋은 공간을 건설했다는 꿈 같은 내용도 포함되어 있다. 멋진 곳을 뜻하는 우리말은 '가잔데'다. 환인은 '가잔데'를 이룩하고, 만끽하였던 이상사회의 경영자였다니 참으로 듣기만 해도 즐거운 서사 내용이다.

한편 환인은 우리가 익숙하게 알고 있는 『제왕운기』에도 소개되어 있다. 요약하자면 『제왕운기』에 등장하는 환인은 곰이 아닌 자기 손녀를 앞세움으로써 여성을 사회의 중심에 내세웠던 인물이다. 그래서 환인의 손녀는 거친 쑥과 마늘을 백 일 동안 부담스럽게 먹고 광명을 보지 못하는 게 아니었다. 할아버지인 환인에 의해 잘 정제된

약물을 마시고 성숙한 여성으로 바뀐 존재였다. 이어 환인의 손녀는 신성한 배우자와 혼인함으로써 훗날 사람누리를 열어나가는, 소중한 개척의 한 축을 담당했다. 하여 환인은 자신의 손녀를 문명 진전의 당사자로 내세운, 위대한 노장(老丈)의 모델이었던 셈이다.

어떻든 문헌 설화 속에서 새로운 시대의 통치자이며 세계관의 제시자로서 '환인'이 등장하고 있는 점은 남녀 세력 간의 갈등을 겪었던 이전의 사회와는 좀 더 다른 차원의 세상을 열었다는 것을 뜻한다고 하겠다. 그런데 여기서 주목할 점은 한국의 근대국학자인 이능화는 자신의 저서인 『조선도교사』에서 환인을 일명 문조 씨(文祖氏)라고 지칭했다는 것이다. 짐작컨대 문조 씨는 '무은(창조한) 할아버지'라는 의미로 여겨진다. 사람누리를 창조하듯이 펼친 존재로 이해하면 그렇게 풀이될 수가 있다.

신성 지역(神壇) 관리자로서의 환웅

잘 알려진 바와 같이 『삼국유사』에서 환웅은 환인의 장

남이 아닌 여러 아들 가운데 한 사람이라고 알려져 있다. 그런데 환웅은 평소에 사람누리를 탐냈다고 한다. 그러한 환웅의 뜻을 안 사람은 바로 아버지 환인이었고, 환인은 아들이 뜻을 잘 펼칠 수 있는 삼위와 태백의 땅을 보면서 '널리 사람 사이를 보탤 수 있을'(홍익인간) 것을 말했다.

이어서 3천에 이르는 엄청난 무리와, 풍백과 운사 그리고 우사 등 전문성을 갖춘 측근 인물들을 데리고 태백산의 꼭대기에 있는 신단의 나무 아래로 찾아들었다. 여기서 중요한 점은 환웅 일행이 찾아든 곳이 곰 계열 세력과 범 계열 세력이 모두 신성하게 여기는 신단의 나무 아래라는 것이다. 달리 말하자면 가장 거룩한 신앙 공간에 찾아들었던 셈이다. 어찌 보면 정신문화의 성소를 장악했다고 해도 지나치지 않다.

그런데 권상로가 지은『조선종교사(朝鮮宗敎史)』에서는 신단의 풍속이 환웅이 신시를 경영하던 시기에 보편적인 풍속이었던 것처럼 소개하고 있어 참고할 수 있다. 곧 "신시시대에 벌써 신도로 가르침을 베풀었으므로 환(桓,

이는 天)에 제사를 지내고 검(儉, 이는 神)을 섬기는 돌턱(壇)이 있었으며, 돌턱에 반드시 나무를 세우고 나라나 백성들에게서 큰일이 있을 때에는 그 돌턱으로 나아가 나무 아래에서 비손하며 빈다. 사람을 어른으로 뽑을 때에는 뽑힌 이를 반드시 그 돌턱의 나무 아래에 세우고 법식을 베풀어 곧 환(桓, 이는 天)과 검(儉, 이는 神)께 비롯된 바를 알리어 밝은 헤아림을 비는 것이다."라는 내용이 그러하다.

어떻든 곰과 범으로 대표되는, 수렵동물의 상징 세력권을 장악한 환웅은 곧 아주 기이한 제안을 하였다. 이에 관해서는 『성조단군』에 보이는 텍스트가 좀 더 현실적일 것 같다. 그에 따르면, "한밝산 신시에 아름다운 곰네(熊女)와 범네(虎女)라는 두 성녀(성녀)가 있어 한웅천왕의 아내가 되기를 원하였더라."라고 설명하였기 때문이다. 여기서 곰과 범을 모두 여성으로 이해하여 『삼국유사』의 내용과 다르게 서술한 점이 문제가 될 수 있다. 그러나 조선조의 승려인 추붕(秋鵬)이 전한 『묘향산지(妙香山誌)』 속의 「제대조기(第代朝記)」에서도 이미 범을 여성으로 서술했다. 더욱 놀라운 점은 환웅이 혼인한 대상이 곰(웅녀)이 아닌 범, 그것도 흰 범(백호녀)이었다고 기록했다는 것인데 이는 흥미롭고도 다소 이채롭다고 하겠다.

환웅, 엄정한 수험 과정으로 자신의 길벗(동지)들을 맞이하다

환웅 관련 서사에서 예리하게 살펴볼 점이 있다. 그것은 누가 환웅의 배우자로 정해진 것이냐 하는 내용이 아니라 어째서 환웅은 엉뚱한 제안을 하였는가 하는 점이다. 『삼국유사』를 기준으로 한다면 곰과 범은 처음부터 사람이 아닌 그저 짐승이었다. 그래서 그들이 사람이 되고자 하는 바람을 환웅에게 밝혔다는 대목은 중요하다. 그런데 그러한 사람 되기를 꿈꾸던 두 짐승에게 먹기에 매우 역겨웠을 마늘과 쑥을 건네주었고, 더욱이 빛이 없는 굴 안에서 백일을 버티라고 당부하였다. 그 같은 조치는 ❶ 수렵동물 상징 세력을 인간처럼 취급하지 않았고 말 그대로 짐승처럼 여겼다는 전제를 하게 한다. 또한 ❷ 엉뚱하고도 감내하기가 쉽지 않은 통과의례를 설정하여 그런 과정을 거친 자에게만 일정한 자격을 부여하겠다는 냉혹한 수험과정을 제시한 것이라고 여겨진다.

문제는 본래 사람누리를 건지고자 탐냈다고 하던 환웅의 마음이 곰과 범 세력에 내린 냉혹한 조치가 과연 도덕적으로 정합성을 지닌 것이냐 하는 점이다. 솔직히 필자에게는 그 부분에 관해 뭐라 단정할만한 가치 기준은 없다. 다만 환웅은 아버지인 환인이 제시한 거룩한 이념인 '널리 사람 사이를 보탤 수 있을'(홍익인간) 것을 제대로 펴기 위해서는 자신에게 쓸모 있는 사람이 당장 필요하다고 여겼던 모양이다. 따라서 곰과 범으로 상징되는 세력들에게 너무도 일방적이고 엄격한 수험과정을 제시하여 그 이후에 인재를 선택적으로 영입하는 순서를 모색한 것으로 여겨진다. 결국 환웅이 요구하는 수험 과정을 견디고 통과한 곰 계열 대표자가 마침내 환웅의 배필이 된 점은 가히 경이롭기만 하다. 환웅은 사람처럼 성숙한 웅녀를 아내로 맞았다. 하지만 그 둘의 사이에서 단군왕검만이 출생하고 다른 소생이 있었다는 기록은 전혀 없다. 그러한 점은 환웅이 웅녀를 바라보는 관점이 여전히 선택적이었던 결과로 여겨지기도 한다.

하지만 환웅에게는 워낙 거대한 세계관과 포부가 있었기에 자신과 함께할 동지라면 일정한 능력과 격식을 갖추기를 지속적으로 요구했는지 모르겠다. 환웅이 웅녀와 배우자가 되었지만「제대조기」에서 백호녀와도 혼인했다는 점도 혼란을 느끼게 한다. 어쩌면 환웅은 웅녀뿐 아니라 범 계열 세력권의 백호 상징 세력의 여성과도 혼인 관계를 맺었을 수도 있다. 상고 시기에 일부일처제가 있었던 것도 아니라는 점을 고려한다면 환웅이 여러 여성과 혼인할 수 있었을 가능성은 그야말로 엄청나게 높지 않았을까.

환웅, 다양한 수련 체계를 고민하여 사람 누리에 펼치다

환웅의 행적에 대한 기록이 그리 많지 않지만 그가 엄격하고도 치밀하면서도 다양하게 지식을 탐구하는 지적 경향의 인물이었을 개연성을 느낄 대목들도 있다. 이를테면『오계일지집(梧溪日誌集)』을 보면 환인의 후예인 환웅이 대단한 저술 활동을 벌인 지식인의 면모를 지녔다는 내용이 있어 무척 흥미롭다. 곧 환웅은 세 권의 책을 지었는데, 그 책 이름을 '현묘결(玄妙訣)'이라 하였다. ❶ 첫째 권에는 '바람을 올라타고서 구름을 몰고 하늘에 오르고 땅에 들어서는 부적'이었고, ❷ 둘째 권에는 '만물을 교화하여 살게 하고 온갖 형상을 없애거나 사그라지게 하는 부적'이었으며, ❸ 셋째 권에는 '앉아서 만 리의 거리를 보고 사람이나 물건의 속 마음을 얻어 새와 짐승을 모으게 하고 흩어지게 하는 부적'이라고 설명하고 있다.

거론된 내용은 언뜻 환인이 주도적으로 이룬 시서와 종서의 일부 내용과 연결 지을 수도 있겠다는 생각을 하게 한다. 그러나 환웅이 좀 더 다른 차원에서 새로운 만물 통제에 관한 법술을 체득하고 그것을 기록한 것으로 여겨져 무척 독특하다는 느낌이 든다. 어찌 보면 수련 체계를 새로이 구성하여 고난 속에서 살아가는 여느 사람들에게 유용한 수단이 되도록 하였을 것으로도 생각된다.

환인(문조 씨)의 후예 환웅이 지었다는 '현묘결(玄玅訣)'
을 거론한 『오계일지집』의 해당 부분

『오계일지집』은 조선조의 선가(仙家)이던 이의백이 남긴, 선도 계열 기록으로 알려져 있다. 따라서 해당 기록을 얼마나 믿을 만한 것인지에 대한 학계의 정설은 아직 없다. 다만 이 기록은 다소 황당하기도 하지만 우리 민족의 낭만적 풍류정신이 상고 시기까지 소급할 수 있도록

이끈다는 점에서는 긍정적이다.

앞서 거론한 내용과 같이 환웅은 여러 부적을 그려서 사람의 누리에 펼쳐 베풀었다는 점에서 일종의 문화적 활동을 펼친 인물로도 평가받을 수 있을 것이다. 그런데 구체적인 내용에 있어 '바람을 올라타고서 구름을 몰고 하늘에 오르고 땅에 들어서는' 기능을 하는 부적이 어째서 필요한 것일까 하는 의문이 든다. 무리하게 추정하자면 그것은 도리어 예측하기 어려운 자연재해로부터 세상에 요구되는 평화와 안정을 지키기 위해 필요한 신이한 능력의 축적을 겨냥한 것은 아닐까 한다. 다음으로 '만물을 교화하여 살게 하고 온갖 형상을 없애거나 사그라지게 하는' 기능도 사람의 삶 속에서 펼쳐지는 우여곡절을 순조롭게 바꾸어주는 신통력에 관한 주술적 염원이 반영된 것으로 생각된다. 마지막으로 '앉아서 만물의 속마음을 얻어 사람이나 물건을 빼앗거나 새와 짐승을 모으게 하고 흩어지게 하는' 기능은 인간사에서 숱하게 펼쳐지는 부도덕하고 불의한 사고와 사건을 적절히 대응하기 위해 요구되는 능력이 반영된 것으로 이해된다.

2부

단군왕검의 어머니와 아내

1. 할 이야기가 거의 없거나, 할 이야기가 엄청 많거나

우리가 잘 알고 있는 소위 '고조선'은 유명한 『삼국유사』에 보이는 국가 이름이다. 그러나 다른 정사서 어느 곳에서도 『삼국유사』의 그 '고조선'은 잘 보이질 않는다. 그냥 '조선'이 있을 뿐이다. 그런데 적지 않은 이가 『삼국유사』에 적힌 '고조선'이 이성계의 조선보다 앞선 조선을 뜻하는 것으로 곡해하고 있다. 이는 참으로 어이없는 일이다. 승려 일연이 자신보다 늦게 태어날 이성계를 어찌 미리 알고 이성계의 조선이 출현할 것을 예상하여 '고조선'이라 썼겠는가. 말도 되지 않을뿐더러, 이 나라 역사교육이 얼마나 기본 사항에도 유의하지 않는지를 알게 하는 대목이다. 일연이 표현한 '고조선'은 이성계와는 전혀 연관관계가 없는 옛 조선 곧 기자 때의 조선이나 위만 때의 조선보다 앞선 조선이란 뜻이 된다. 하여 필자는 상고조선이라는 어휘를 대신하여 쓰고자 한다. 상고조선과 단군에 관한 기록이 너무 드문 현실 때문이다.

하지만 근대를 전후하여 이전에 보기 어려웠던 상고조선에 관한 기록과 단군 관련 일화를 소개하는 문헌 자료들이 마치 물밀듯이 세상에 드러났다. 참으로 이해하기 어려운 현상이다. 어째서 그동안 보이지 않던 그 숱한 기록들이 마치 숨어 있다가 동시에 함께 나타난 것과 같이 출현한 것인지.

추론해보자면 조선 전기의 세조 시기부터 나라 안에 공식적으로 포고된, 상고 관련 역사서의 가혹한 징수령으로 묻어두거나 숨겨둔 자료들이 근대에 조선의 쇠퇴와 함께 세상에 동시다발적으로 드러났다고도 이해할 수는 있다. 하지만 그것은 추론일 뿐이지 근거는 없다.

근대에 홍수처럼 쏟아지는 온갖 역사 관련 자료를 보

면 상고사와 단군에 얽힌 일화가 너무도 많아 어느 것을 믿어야 할지 헷갈리고, 또한 각 문헌 자료에 실린 내용조차 사뭇 조금씩 다르다. 연구자를 몹시 곤란하게 하는 현상이다.

2. 단군왕검의 어머니와 아내에 관해

단군왕검의 어머니

근대의 국학자인 이능화는 자신의 저서인 『조선도교사』에서 단군왕검에 관한 견해를 밝혔다. 곧 "환웅의 아드님인 왕검은 신령한 곰께서 사람으로 바뀌어 태어난 바이다. 이분은 조선의 유웅 씨라고 일컬어졌다(황제 또한 유웅 씨라 일컬어졌다). 왕검은 신인 또는 선인으로도 일컬어졌다. 그 나이는 매우 많았고 산에 들어 신이 되었으며, 여러 옛 역사에 보인다."라고 한 것이다.

우리는 환웅을 맞아 그의 배우자가 되어 단군왕검(壇

君王儉)을 낳았다고 하는 웅녀가 이후에 어떠한 삶을 이어갔는지를 분명하게 파악하고 있지 못하다. 이는 관련 자료가 미흡하다는 점에 따른 당연한 결과다. 다만 『규원사화』라는 기록을 보면 조금 달리 바라보게 된다.

『규원사화』는 애초에 서지학적 검증의 결과에 따라 진서로 인식되었던 자료였다. 그러나 근래 사소한 이유 몇 가지로 다시 진서로서의 가치가 의심받고 있다. 하지만 『규원사화』 속의 내용은 우리 상고사를 이해하는 데 적지 않은 실마리를 찾을 수 있게 한다. 그에 따르면 고려 인종조의 승려였던 묘청이 서경에 임원궁(林原宮)을 조영하고 그 안에 팔성당(八聖堂)을 설치했는데, 놀랍게도 여덟 번째로 모셔진 성존(聖尊)이 바로 '두악천녀(頭嶽天女)로 지상의 선과 악을 맡은 신시 씨의 황후, 곧 환검 신인의 어머니'였다는 것이다.

흔히 곰에서 여인의 몸으로 바뀐 존재가 바로 웅녀인 것으로 알려졌지만, 『규원사화』에서 거론된 환검 신인의 어머니 곧 단군왕검의 모친인 웅녀는 선과 악을 맡았던 당시 공동체의 주요한 직능자로서도 활약했음을 짐작하게 한다. 뿐더러 그녀를 두악천녀(頭嶽天女)라 하였는데, 『규원사화』의 기록자는 두악에 관하여, "마리산에는 또 참성단이 있는데 이는 곧 단군이 하늘에 제를 지내던 두악이다."라고 분명하게 밝혀놓아 두악이 지금의 참성단이 남아 있는 인천의 강화도임을 뚜렷하게 인식하게 하고 있다.

근래 일부 연구자들이 비록 진서의 가치를 의심하고 있기는 하지만, 우리는 『규원사화』의 기록을 통해 단군의 제천 장소였던 참성단이 있던 지역이 두악이었고, 단군왕검의 모친인 웅녀가 두악천녀로 불렸다는 정보를 참고하게 된다. 여기서 『고려사』를 다시 참고하면, 권127의 「열전 40, 반역 1」의 '묘청(妙淸)'전에서도 역시 팔성당에 관한 내용이 보이며, 역시 두악천녀가 거론되고 있어 두악천녀가 적어도 고려 인종조에 존숭의 대상이었다는 것을 알게 된다. 문제는 『고려사』에 보이는 두악천녀의 그 두악이 『규원사화』에서 보이는 지금의 강화도 지역을 말하는 그 두악인지 『고려사』의 해당 기록이 보이지 않는다는 점이다. 하지만 지금의 강화도 마니산이 일명 마리산이고,

그 '마리'가 다름 아닌 '머리'를 뜻한다는 것은 잘 알려진 바이기에 두악천녀의 그 두악이 머리를 뜻을 지닌 강화도의 마니산과 연관된다는 것은 자연스럽게 추론할 수 있다. 결국 『고려사』와 『규원사화』에서 보이는 두악천녀라는 존숭의 대상은 지금의 강화도 지역과 연관되는 위인적 존재로 이해된다.

단군왕검의 아내
비서갑성녀의 주요 동선(動線)과 삶

『삼국유사』에 따르면 한 마리 곰과 한 마리 범(一熊一虎)의 하나였던 한 마리 곰(一熊)이 환웅을 맞아 낳은 아들이 바로 '단군왕검'이다. 그런데 『오계일지집(梧溪日誌集)』에는 단군(맥락상 단군왕검으로 봄이 합리적임)은 그 배우자를 구월산(九月山)의 팔대산정(八臺山頂)에서 만났다고 기록되어 있다. 비서갑성녀가 단군의 배우자가 되기 전에 구월산의 팔대산정에 와서 노닐었고, 그녀를 본 단군이 맞아들여 비(妃)로 세웠다고 기록되어 있어 주목하게 된다. '팔대'의 존재와 서갑(西岬) 등의 어휘는 이미 거론한 것처럼, 동아일보에 소개된 백양환민의 글(1927년 8월 30일 기고)이나 『신교총화』 속의 내용과 어딘가 비슷하다고 느끼게 한다. 어쩌면 단군왕검의 배우자는 이미 환인의 아내로 거론된 서갑 씨 또는 왕모의 후예였을 개연성을 느끼게 된다. 인류사의 상식으로 통하는 신석기시대 이후의 씨족적 경향성을 느끼게 되는 대목으로도 인식되는 내용이다.

어떻든 단군의 배우자가 된 비서갑성녀는 자신의 시어머니가 되는 웅녀가 태백산정(太伯山頂)의 신단수(神壇樹) 근처에서 기거했던 것처럼 비서갑성녀 역시 산정(山頂)을 오르내리던 산중여성(山中女性)이었다는 것이 흥미롭기만 하다. 웅녀가 태백산정의 주변에 기거하고 있었다고 전한 『삼국유사』는 물론, 단군의 아내가 되었다고 전해지는 비서갑성녀 역시 구월산 팔대산정을 오르내리던 여성이었다는 것을 전하는 『오계일지집』의 전승 내용을 통해 환웅의 시기부터 단군(왕검)의 시기에 이르기까지 공동체의 수장은 모두 산정의 여성을 배우자로 맞았다는 것을 알 수 있다. 이는 결코 우연한 전승 내용으로 여길 수가 없는, 당시 생활문화사의 명백하고 소중한 정보이자 당시를 읽어낼 수 있는 주요 코드라는 것을 유의해야 한다.

멀리는 서왕모의 설화에서부터 읽게 되는 상고시대의 거친 수렵 생활상을 견주어본다면, 웅녀는 물론 비서갑성녀에 이르기까지 상고시대의 여성들은 대체로 산중을 오가며 때로 높은 산마루(山頂)까지 올라 삶의 동선을 이어나가고 있었다는 것을 단적으로 알 수 있다. 그녀의 동선이 주로 산악 지역의 산정과 이어졌다면, 그녀의 삶 역시 그와 연관된 양상을 보였으리라고 추촌하는 것이 합리적이다. 산악 지역, 산정과 관련하여 비서갑성녀의 삶에 대한 구체적인 자료가 없어 한계가 있지만 적어도 비서갑성녀는 산악 지역에서 산나물이나 산약초 따위를 채집하는 여성이었거나, 산짐승을 사냥하던 수렵 활동을 펼치던 여성이었을 개연성이 있다.

서울 동빙고동 부군당(府君堂)에 전해지는 설화의 의미

서울 용산구에는 단군 관련 사당인 '동빙고동 부군당'이 지금도 전승·유지되고 있다. 이 시설은 지역민들에 의해 지금도 고스란히 그 유제를 잇고 있어 주목된다. 이 시설에는 눈길을 끄는 화상(畫像)들이 있는데, 단군왕검과 그 부인들에 관한 내용을 표현하고 있다. 놀라운 점은 해당 시설의 기일이 단군의 부인의 기일인 음력 3월 15일로 맞추어져 있는데, 단군왕검이 아닌 단군 부인의 기일로 제일이 맞추어진 까닭이 단군왕검의 기일에 맞추어진 사당이 이태원에 별도로 존재하기 때문이라는 것이다. 더욱 놀라운 점은 동빙고동 부군당에 모셔진 단군의 부인은 한 분이 아니고 두 분이라는 지역 원로들의 전언이다(KBS

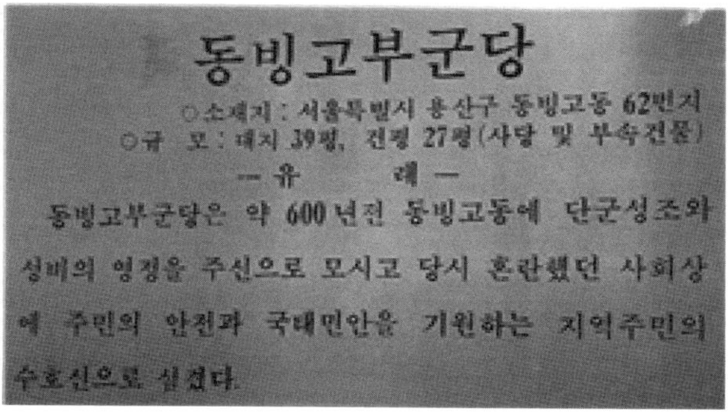

서울 용산구에 있는 동빙고동 부군당의 안내문

서울 용산구 동빙고동 부근당에 모셔진 단군왕검 부부의 화상

역사스페셜 인터뷰 참조).

동빙고동 부군당에 모셔진 단군왕검의 부인이 두 분인데, 각기 '큰할머니'와 '작은 할머니'로 불리고 있다는 것은 관련 인터뷰 자료로 확인된다. 그런데 어째서 단군의 부

인이 한 분이 아닌 두 분이란 얘기인가? 사실상 우리는 그동안 단군 부인(곧 비서갑성녀)에는 관심을 거의 보이지 않았고, 그에 관한 자료의 추적에도 별다른 노력을 기울이지 않았다. 하지만 서울 동빙고동 부군당과 관련한 지역 원로들의 전언을 통해 단군 부인이 두 분이셨다는 전승 설화를 접하며 적지 않은 점을 고민하게 된다. 적어도 ❶ 상고사회의 수장이 복수의 부인을 두었을 개연성을 느끼게 된다는 점, ❷ 상고사회의 수장들은 지도층 여성 인사를 일종의 비(妃)로 맞아 강력한 여성 세력을 자신의 정치적 권위와 영향력을 공고히 하는 데 활용했을 개연성을 느끼게 하는 점 등을 추론케 하고 있다.

비서갑성녀께서 혼인한 뒤 맡은 역할

『오계일지집』에서 거론된 단군비(檀君妃) 비서갑녀가 단군과 혼인한 이후에 어떻게 살았는지는 자료의 부족으로 추정하기가 어렵다. 다만 그녀가 흔히 알려진 단군의 네 아드님과 연관되었을 가능성을 고민해볼 여지를 느낀다. 물론 앞서 거론한 대로 서울의 동빙고동 부군당 전승 설화에 나오는 것처럼 단군왕검의 부인이 한 분이 아니고 두 분이었다는 점을 주목한다면 비서갑성녀는 이른바 '큰할머니'였는지 아니면 '작은할머니'였는지를 알 수가 없다. 따라서 비서갑성녀가 네 아드님을 모두 낳은 모친이라고 단정할 때는 신중해야 한다. 그럼에도 단군왕검의 네 아드님 가운데 적어도 몇 분의 아드님은 비서갑성녀의 소생이었을 가능성이 높은 것으로 여겨진다.

비서갑성녀가 단군왕검의 두 부인 가운데 한 분이었다면, 추정컨대 단군왕검의 공동체 운영 과정에서 상당한 기여를 했을 것으로 여겨진다. 대종교 지도자인 김교헌이 저술한『신단민사』가 단군의 부인께서 방적(紡績)에 힘을 기울였다고 전하는 내용을 보아도 잘 알 수 있다.『신단민사』에서는 단군께서 몸소 새끼를 꼬셨다고 기록하고 있는데, 그 부인이 역시 방적에 힘을 기울였다고 전한 것은 두 부부가 모두 실 아닌 끈으로 옷감을 만드는 데에 상당한 관심과 노력을 기울였다는 것을 짐작하게 한다. 그와 같은 전승 내용은 단군 부부가 참으로 백성의 삶에 실질적으로 긴요한 것이 무엇인지에 대해 깊은 관심을 가지고 노력을 다하였으며, 그러한 모습 그 자체가 위민(爲民)행위이자 홍익인간의 구현 자체였다는 것을 여실하게 느끼게 된다.

비서갑성녀는 그처럼 여성 지도자였는데도 권위에 안주하지 않고, 남편이자 공동체의 수장이던 단군왕검을 도와 여성 노동의 소중한 직역을 당당히 감당함으로써 전체 여성들에게 모범을 보였다. 이로써 비서갑성녀가 당시 공동체사회의 물질적인 풍요를 일구어내는 데 앞장섰던 인물임을 알게 된다.

『오계일지집』을 통해 엿볼 수 있는 단군왕검 가계의 이면

『오계일지집』은 조선조의 문사(文士)인 이의백이 저술한 문헌이다. 그는 『오계일지집』에서 단군왕검의 둘째 아들인 부루우(扶婁虞)의 직계관계를 소개했다. 그런데 흔히 단군왕검의 장자는 부루(扶婁)로 알려져 있는데, 부루우는 비슷한 이름임을 알 수 있다. 제이자(第二子) 곧 차남이라고 쓰인 한자 원문을 아무리 읽어봐도 정말 둘째 아들을 뜻하는 것인지 알 수 없다. 보통 단군왕검의 둘째 아들은 '부소'로 알려져 있기 때문이다.

이의백의 『오계일지집』에서 장자와 비슷하게 '부루우'란 아들이 단군왕검의 둘째 왕자라고 한 점은 기록의 진실성을 의심하게 한다. 혹시 단군왕검의 적통계가 아닌 일종의 서자일 수 있기 때문이다. 제이자가 적자가 아닌 서자(庶子)를 표현할 것일 가능성이 느껴지기 때문이다.

어떻든 으레 알려진 내용으로 본다면 단군왕검의 뒤를 이어 장자인 부루가 왕위에 올랐다. 하지만 다른 아우들이 어떻게 되었는지를 알 수 없다. 그런 정황 속에 『오계일지집』은 제이자인 부루우가 의무군(醫巫君)에 봉해졌다는 것을 전하고 있다. 따라서 어떘거나 이의백의 『오계일지집』은 단군왕검의 맏아들이 아닌 또 다른 아들에 관한 직계관계를 전하는 내용이라 할 수 있다.

그런데 부루우의 직계 자손인 습국군(霫國君) 환표(桓豹)에 관한 내용부터 홍미롭다. 여기서 돌연하게 언급되는 '습국'은 지금까지 어떤 역사 기록이나 전승되는 설화에도 언급된 바가 없었기에 몹시 궁금해지기 때문이다. 하지만 관련 자료가 없기에 더는 서로의 주장을 펼 수 없다. 다만 부루우 왕자가 의무군에 봉해졌고 다시 그 아들이 '습국'을 통할하는 정치 책임자였다는 기록을 통해 단군왕검의 후예들이 크든 작든 지역의 소규모 정치 집단의 책임자로 배치되었다는 것을 짐작하게 한다는 점에서 해당 기록에 의미를 부여할 수 있다.

뒤이어 거론되는 인물들이 子 환표를 포함하여 子 환호(桓虎), 子 환리(桓貍), 子 환리(桓麗彡), 子 환동(桓桐), 子 환유(桓貐), 子 환간(桓豻), 子 환불(桓狒), 子 예○(猊○, 猊 반복?), 子 빠짐(闕字), 子 환린(桓獜), 子 환료(桓獠), 子 환해(桓獬), 子 환비(桓貔), 子 환기(桓夔), 子 환상(桓象), 子 환유(桓貁), 子 환시(桓兕), 子 환교(桓駮), 子 환령(桓羚), 子 양갑(陽甲) 등 모두 21인으로 한 인물의 생존 기간을 30년으로 추산하면 전체 기간은 630년 안팎이 된다는 것을 짐작하게 된다. 문제는 다른 사람들이 모두 '환~'이란 소릿값인데 비해 마지막으로 거론되고 있는 후손은 양갑(陽甲)이라고 달라진 점이다. 또한 그 끝에 '國絶' 곧 나라가 멸절되었다고 표현한 점이다. 이 '國絶'은 어떻게 이해해야 하는지는 일종의 과제가 된다. 만일 이 '國絶'이 정말로 한 정치 집단의 끝남(멸절)을 뜻한다면 이는 고조선으로 불리는 옛 상고조선과 연관된 정치 변동의 한 시기를 의미한다고 하겠다. 하지만 이에 관해서는 우선 기자의 출현 시기라 할 수 있는 은말 주초의 시기와 연계시킬 만한 그 어떤 관련 자료도 없기 때문에 더 이상의 상론은 유보하고자 한다.

그런데 해당 인물들의 이름이 거의 동물과 연관되는 점은 매우 주목되는 점이다. 그러한 내용은 제시하는 표의 내용으로 요약된다. 흥미로운 점은 짐승으로 개과 계열이 세 사람(子 桓豻, 子 桓獜, 子 桓獠)이고 고양이과 이름이 또 세 사람(子 桓豹, 子 桓虎, 子 桓貔)으로 같은 비율이라는 점이다. 다음으로는 원숭이 계열의 이름이 두 사람(子 桓狒, 子 桓狖)인 점이 확인되고 있어 의외의 느낌을 준다. 그에 관한 내용을 제시하는 일람표로 정리해 보았다.

연번	단군왕검 후예 이름	비 고	연번	단군왕검 후예 이름	비 고
1	子 환표(桓豹)	霽國君/ 아롱범(豹) 의미	12	子 환료(桓獠)	요동 땅의 개(獠) 의미
2	子 환호(桓虎)	범(虎) 의미	13	子 환해(桓獬)	해치(獬豸) 의미
3	子 환리(桓貍)	삵(貍) 의미	14	子 환비(桓貔)	아롱범(貔) 의미
4	子 환리(桓彲)	이무기(彲) 의미	15	子 환기(桓夔)	외발짐승(夔) 의미
5	子 환동(桓桐)	오동나무(桐) 의미	16	子 환상(桓象)	코끼리(象) 의미
6	子 환유(桓貐)	알류(猰貐) 의미	17	子 환유(桓狖)	긴꼬리원숭이(狖) 의미
7	子 환간(桓豻)	들개(豻) 의미	18	子 환시(桓兕)	외뿔소 (무소, 兕) 의미
8	子 환불(桓狒)	원숭이(狒) 의미	19	子 환교(桓駮)	얼룩말(駮) 의미
9	子猊○ 예?(猊猊?)	사자(猊) 의미	20	子 환령(桓羚)	영양(羚) 의미
10	子 빠짐(闕字)	이름이 누락됨	21	子 양갑(陽甲)	거북(甲) 의미
11	子 환린(桓獜)	개과 짐승(獜) 의미			

필자는 부루우 왕자의 직계 인물의 계보에 언급된 인물들이 동물과 매우 깊게 연관되는 양상이 당시의 생활문화상을 반영한 것으로 이해할 여지가 있다. 그것은 이미 잘 알려진 『삼국유사』의 일부 내용과도 연결 지어 볼 때 일종의 수렵 활동과 연관된다는 추론을 충분히 유도하고 있다. 『삼국유사』를 보면 환웅이 신단수로 내려오고서 신시를 열었는데, 당시 일웅일호(一熊一虎)가 있었다고 하며 그들이 원화위인(願化爲人)을 소망했다는 점은 무척 잘 알려진 바다. 여기서 웅(熊 곧, 곰)은 맥이(貊耳, 곧 熊耳)와 연결될 수 있는데, 『후한서』에서 "맥이(貊耳)는 웅이(熊耳)"라고 거론한 점을 참고할 수 있다. 또한 호(虎, 곧 범)의 경우도 역시 『후한서』에서 (예)는 범을 신으로 여겨 제사 지낸다"라는 내용을 통해 예(濊)와 연결될 수 있음을 알게 된다.

그렇다면 『삼국유사』 속의 곰과 범은 크게 웅이(맥이) 세력과 예 세력의 혼거 상황을 상징적으로 전하고 있다는 추론을 하게 한다. 그런 관점에서 도대체 환웅의 설화에 그 같은 동물들이 상징적으로 거론되었는가가 문제다. 단순하게 토템으로 설명하는 것만으로는 마무리되지 않을 것이라고 본다. 짐작컨대 선사 이래로 곰과 범에 관련한 수렵행위와 결부된 문화적 전승담이 환웅 설화에 반영된 것으로 볼 여지가 있다. 더욱이 조선 중기의 『청학집』에서는, 단군왕검의 아들 가운데 부소(夫蘇)가 "불을 지르고 사냥하여 짐승들을 몰아냈다."라고 전하고 있어, 단군왕검의 가문 내에 일정한 수렵 기술이 전승되고 있었을 거라는 개연성이 느껴진다. 다만 알유(곧 猰貐)를 뜻하는 경우(子 桓貐)는 또 다른 고민을 유도하고 있어 이후의 탐구 대상이라고 할만하다. 왜냐하면 중국의 『산해경』 또는 조선조의 『청학집』 등의 자료를 보면 알유는 일종의 거대 사회악 세력이었다는 것을 알 수 있기 때문이다. 특히 단군왕검의 시기에는 기나긴 홍수를 겨우 진정시키고서 안정을 도모할 무렵에 반란을 일으킨 세력으로 지칭되었다. 비록 알유가 짐승이라는 『산해경』의 기록에 관심이 가지만, 중국의 고전 작품을 남긴 문사들의 시문에서는 알유가 화살을 퍼붓는 무력 집단이었다는 것을 충분히 알게 하고 있기도 하여 결코 짐승이라고 단정할 수는 없다. 다만 어째서 단군왕검의 후예 가운데 알유를 상징하는 듯한 이름의 인물이 들어 있는지는 결코 쉽게 이해할 수 없다. 다음과 같이 추정해 볼 수는 있다. '단군왕검 시절에 반란을 일으켰지만 이후 알유 세력과 혼맥(婚脈)을 맺었던 결과일 수도 있겠다. 그래서 단군왕검 후손 가운데 한 인물의 이름을 알유와 연관하여 불렀을 개연성이 있기는 하다.' 하지만 여기서 그 이상의 의논하는 것은 아직은 무리라고 여겨진다.

요약하자면 우리는 『오계일지집』의 기록 내용을 통해, ❶ 익히 잘 알고 있는, 부루를 비롯한 단군왕검의 네 아들과는 달리 별도의 서자 계열 후손들이 존재했을 거라는 개연성을 느끼게 된다. 또 ❷ 단군왕검의 후손들이 수렵과 연관된 상당한 수준의 생업 기술을 지니고 살았음을 추론할 수 있다.

3부

후손이 단군왕검께 묻고, 듣다

1. 단군왕검, 어려서는 무적 소년이었고 노년기엔 선풍군자였다

나는 어릴 때 대담하였지

후손: 여쭙습니다. 저희 한민족 후손들은 어르신(단군왕검)을 상고조선의 초기 영도자로 알고 있습니다. 어르신의 소년 시절이 궁금합니다.

단군왕검: 나는 어려서부터 몹시 대담하고 씩씩했어.

후손: 구체적인 설명을 부탁드립니다.

단군왕검: 묘향산에는 단군대라는 돌언덕이 있어. 나는 그 돌언덕에서 활을 쏘고 시간을 보냈지.

후손: 설화는 어르신이 그 돌언덕에서 숱하게 활쏘기를 하셨다는 내용을 전하더군요.

단군왕검: 이보시게, 어른도 쏘기 힘든 게 전통 각궁(角弓)일세. 나는 이미 소년 시절에 그 활을 밥먹듯이 쏘았어.

후손: 어르신께서 그토록 활쏘기를 자주 하신 까닭이라도 있는지요.

단군왕검: 이보시게. 전통 활터에 한 번 놀러라도 가보게나. 그 전통 활터에서의 활쏘기는 무술이기도 하지만, 스스로 심신을 닦는 일종의 자기 수련이기도 하네.

후손: 그렇다면 어르신께서 소년 시절부터 숱하게 활을

쏘았다는 것은 심신을 수양하는 과정이기도 하셨군요.

단군왕검: 옳거니. 그뿐인가. 나는 가파른 돌언덕을 겁내지 않고 오르던 그 과정 자체도 수양으로 여겼지.

후손: 어르신께서는 어렸을 적에 이미 무적 소년이셨군요,

나는 임금이 되고서도 자연을 벗삼았다네

후손: 여쭙습니다. 어르신의 노년기 일상은 어떠셨는지요?

단군왕검: 나는 임금이 되어 우리 겨레를 홍익인간의 삶으로 이끌려고 애를 썼지. 그러면서도 자연의 원리에서 한 번도 떠나지 않으려고 했지.

후손: 관련한 설명을 부탁드립니다.

단군왕검: 나는 때로 커다란 물난리나 반란 세력의 봉기에 긴장했지만, 언제나 쑥 내음이 가득하고 버들가지 휘날리는 데에서 머물고자 했어.

후손: 아. 알겠습니다. 어르신께서는 늘 봉정유궐(蓬亭柳闕)에 계셨다는 것을 많은 설화 기록에서 볼 수 있었습니다.

단군왕검: 쑥은 이미 환웅 어르신 때부터 소중하게 여긴 식물이지. 버드나무도 역시 사람에게 부드러움을 느끼게 하고.

후손: 그렇군요. 쑥이 한약재로서도 몸을 따뜻하게 해주는 효과가 있고, 또 먹으면 혈액순환을 돕기도 하지만 염증을 줄이는 데에도 좋다고 하니.

단군왕검: 나는 쑥이 풍기는 독특한 단내가 좋아 그 쑥대가 자란 곳에 정자를 짓게 하였고, 또 휘늘어진 버드나

무들이 우거진 곳에 집을 짓게 했다네.

후손: 그렇다면 지금의 평양을 유경(柳京)이라고 하여 버들과 연계시키는 것은 바로 어르신 치세의 문화적 정취가 스민 결과로군요.

단군왕검: 그렇게 이해하시게.

후손: 일부 사람이 얘기하는, 기자가 우리 땅에 와서 조선 민족을 부드럽게 바꾸려고 하여 버드나무를 심게 했다는 전설은 문제가 있군요.

단군왕검: 이보시게. 무엇보다 내가 임금이던 시절에 쑥대 정자와 버드나무 대궐을 지었다는 점은 분명하네.

후손: 봉정유궐의 설화 내용을 통해 어르신께서 자연친화적이었다는 것을 느끼게 됩니다.

단군왕검: 나는 비록 임금이었지만 스치는 바람결과 호

르는 물줄기에도 천지의 이치가 배어 있었다고 생각했어.

후손: 어르신은 임금님이시기도 하셨지만, 가히 선풍군자(仙風君子)셨네요.

2. 단군왕검, 법률을 만들고 내치 체계의 뼈대를 엮다

나는 300여 법률 제정의 구심점이었노라

후손: 여쭙습니다. 『삼국유사』에서는 어르신에 관한 내용이 겨우 두 군데에만 보입니다. 그에 대해 어떤 마음을 가지고 계신지요?

단군왕검: 섭섭할 수도 있는 문제이긴 하다만 그렇다고 그대들 후손들을 탓할 수는 없는 일.

후손: 달리 하실 말씀이 없다는 뜻인지요?

단군왕검: 이보게, 수천 년의 역사 속에 나 단군왕검에 관한 기록이 제대로 남아 있 길 바라는 것 자체가 큰 무리일 수 있지 않겠는가! 온갖 전란과 사고가 지속되지 않았나. 그래서 남아 있는 자료가 적다고 푸념만 해서는 안 되네.

후손: 오늘날 현대 역사학계에서 인정하는 정사만을 기준으로 삼는다면 어르신(단군왕검)에 관한 고찰은 쉽지 않습니다. 그런데 『삼국유사』와 『삼국사기』를 빼고 정사로 인정받지 못하는 다른 기록은 생각보다 많지요. 그런 문헌 기록들을 으레 문헌 설화로 취급하기도 합니다. 일종의 서사 자료이지요.

단군왕검: 그대들은 그런 서사 자료라도 소중하게 살피시게나. 내가 겨레를 보듬던 마 음이 나름 그런 서사 자료에 간간히 남아 있으니. 그럭저럭 읽어볼 만한 게 있을 거 야.

후손: 하여 오늘날 정사로 인식되지 못하는 그 같은 서사 자료들을 슬며시 참고하고픈 마음이 작지 않습니다. 따라서 언제 누구에 의해 기록되었는지가 분명하다면 어르신의 자취를 헤아려볼 수 있을 것 같습니다.

단군왕검: 오죽하겠는가. 슬기롭게 살펴보게나.

후손: 어르신에 관한 서사 기록 가운데 그 구성 내용이 간략하지 않은 것들이 남아 있습니다. 『대동사강(大東史綱)』이란 기록도 그러하지요.

단군왕검: 나에 관해 어떻게 쓰여 있는가?

후손: 『대동사강』이란 역사서는 1929년에 김광(金洸)이란 이가 지었습니다. 이 기록은 서사 자료보다는 일종의 역사서 체계를 갖추었습니다. 한 가지 흥미로운 점은 이 기록물을 출간한 곳의 명칭이 '대동사강사(大東史綱社)'란 것이지요. 출간을 한 출판사의 이름인데, 저술되어 출

간된 책의 이름과 같습니다. 아마도 편찬 책임자인 김광을 비롯한 당시 출간에 관여한 사람들은 『대동사강』을 출간하려고 상당한 준비를 했나 봅니다. 자긍심도 대단했던 것 같고요.

단군왕검: 더 말해보게나.

후손: 『대동사강』에서는 무진년 부분에서 홍성제, 곧 어르신(단군왕검)께서 366가지 법률을 베풀었다고 밝히고 있습니다.

단군왕검: 내가 법률을 만든 데에는 온 사람에게 기준을 제시했다는 의미가 있지.

후손: 하지만 『대동사강』의 해당 부분에서 어르신의 치세에 법률이 있었다고 거론만 했지, 더 상세한 내용은 제시되지 않았습니다. 도대체 어떠한 내용의 법률이었는지를 살피기가 무척 어렵지요.

단군왕검: 답답하도다. 그대들이 잘 알고 있는 『삼국유사』의 「기이」 편에 보이는 '왕검조선' 항목을 한번 살펴보라. 그 부분에 환웅 어르신께서 홍익인간의 마음으로 신시를 이룰 초기에 "모든 사람의 360여 가지 일을 주관하여 온 누리를 다스리고 교화했다."라고 말씀하신 내용은 중요하다네.

후손: 하지만 환웅님이 베풀었던 '모든 사람의 360여 가지 일'도 파악하려고 하는데 관련 자료를 확보하기가 쉽지 않습니다.

단군왕검: 그럼 근대의 안확이란 이가 지은 역사서인 『조선문명사』를 보게나. 거기에 '단군의 헌법과 행정'이란 소제목 부분이 있지. 견주어보시게.

후손: 하지만 『조선문명사』의 기록에도 정작 어르신(단군왕검)의 치세에 실행된 헌법과 행정이 어땠는지에 대한 구체적인 내용은 찾기 어렵습니다. 다만 저자 안확은

"단군 치세 당시의 입법과 행정이 도덕과 종교 및 정치를 혼동하여 구별하지 않았으니, 이는 바로 관습법을 답습한 증거였다."라는 의견만을 제시하고 있을 뿐이지요.

단군왕검: 숱한 세월 속에서 온갖 환란이 거듭되었으니 그랬겠지.

후손: 아쉬운 대로 환인님에 관한 전승담이 전해져 참고할 수 있습니다. 1927년 8월 30일 자 '동아일보'의 3면에 실린 내용이 그러하지요.

단군왕검: 필명이 백양환민(白陽桓民)이라는 이가 기고한 글이지? "환인께서 태백 땅으로부터 오셨는데, 아사달 땅에서 서갑 씨(西岬氏)를 맞았다."라는 설화적 전승담이지?

후손: 맞습니다. 환인께서 서갑 씨님과 부부의 인연을 맺었다지요. 그리고 두 분이 함께 300가지 남짓한 일들을

함께 다스렸다지요.

단군왕검: 그렇지. 뒤에 10년이 지나, 환인님께서는 서갑 씨 왕후님과 더불어 다시 산 위에서 노니셨다고 하지.

후손: 그러한 서사 내용은 넉넉히 어르신(단군왕검)의 치세에 있었다는 300여 법률의 실체가 어떤 것인지를 짐작하게 이끕니다. 삶과 연관되는.

단군왕검: 내 어찌 하루아침에 법률을 만들었겠는가. 이전에 모든 사람의 삶을 따뜻하게 보듬으려던 환인님과 환웅님의 선견지명을 바탕으로 이룩한 것일세.

후손: 또 치우에 관한 전승담도 참고해야 합니다. 애초에 이가원 등 근현대의 국학 관련 원로 연구자들이 진서로 인정했지만 근래에 일부 논자들이 이의를 밝힌 『규원사화』라는 한문 역사서가 실마리가 되지요. 이 책은 숙종 원년에 저작된 것으로 표기되어 있기도 하지요.

단군왕검: 잊혀가는 겨레의 지난 날을 살펴보는 데에는 한 편의 글이라도 소중한 게지.

후손: 진위를 떠나 그 자료에는 치우는 우리 겨레의 선대 인물이라고 주장하는 내용이 있습니다. 따라서 치우가 오늘날 우리 대한민국의 한 선대 세력일 개연성이 있지요. 일부 자료에서 냉정한 사람들처럼 치우를 무조건 중국 민족의 선대 인물로만 치부하는 것은 아직은 섣부르다는 게 제 소견입니다.

단궁왕검: 그 치우란 분은 애초에 천도(天道)에 밝은 인물이었다고 해. 천도는 시간을 헤아리는 것과 연관되고, 별이 뜨고 지는 시간은 곧 시간과 얽혀진 고민 사항이기 때문이지.

후손: 치우님이 시간의 흐름인 천도에 밝았다는 점은 중요합니다. 그 천도가 동방 상고사회에 전해진 것이라면 어르신(단군왕검)의 치세에 제정되었던 법률도 분명

한 시간성의 얼개 위에서 만들어진 것이겠지요?

단군왕검: 해와 달의 운행 시간처럼 사람들의 누리에도 어긋남이 없는 질서가 필요한 게야. 그게 법률이라 해도 틀리지 않으니.

후손: 그렇군요. 해와 달 그리고 별들이 오가는 길처럼 우리 사람들의 누리에도 올바르게 돌아가는 사회 운영의 질서란 소중하지요. 어르신께서 만든 법률이 그처럼 소중한 법적인 틀로 이룩된 것이겠네요. 하지만 여전히 관련 자료가 부족하여 더 이상의 추론은 어렵기만 합니다.

단군왕검: 이보게나. 아직도 남아 있는 여러 방술서 자료에도 실마리가 될만한 것들이 간간히 있을 게야.

후손: 어르신(단군왕검)의 치세에 법률이 제정된 바탕에는 아마도 치우님의 세심하고도 촘촘한 시간 구분의식이 자리했다고 짐작하게 됩니다.

단군왕검: 『음양진결(陰陽眞訣)』이란 기록이 있는데 보

았는가?

후손: 가르쳐주십시오.

[illegible] 壇君始立太乙[illegible]得[illegible]之數 [illegible]

단군이 태을손득기지수를 비로소 성립하였다

『음양진결(陰陽眞訣)』

방술 비결서인『음양진결』에서 보이는 단군의 '태을손득기지수' 내용

단군왕검: 그 기록에 "단군이 태을손득기지수(太乙巽得氣之數)를 비로소 성립하였다. 사천칠백삼십육만이천구백필십팔수(四千七百三十六萬二千九百八十八數)는 삼(三)으로써 마땅하다."라는 내용이 있지.

후손: 복잡해서 도저히 쉽게 알아듣지 못하겠습니다.

단군왕검: 『음양진결(陰陽眞訣)』은 그 구성과 내용으로 보아 분명히 일종의 방술비결서(方術祕訣書)이지. 따라서 그대들이 쉽게 신뢰하려면 검증을 해야 해. 그런데 이 기록에 보이는 내용은 그 어디에도 보기 어려운 내용이지. 다만 『정감록(鄭鑑錄)』을 보면 고려 말 조선 초의 승려 무학(無學)이 상고 조선에 관련한 역수(易數)를 거론하고 있어 견주어볼 만해. 비록 내용은 다르지만.

후손: 더욱 궁금해집니다.

단군왕검: 태을손득기지수를 성립하였다는 내용은 『정감록』 등 다른 비슷한 방술비결서에도 보이지 않을 정도

로 희귀해. 신중하게 접근해야 할 문제이겠지만 나 단군이 태을손득기지수를 성립하였다는 내용은 쉽게 조작하기가 어려운 내용이야. 그 점을 유의해야 해.

후손: 어르신(단군 왕검)의 시절보다 앞서 치우님이 세심한 관점으로 시간성의 문제인 천도를 헤아린 점이 중요하다고 생각합니다. 그러한 슬기를 바탕으로 다시 상세한 역수를 계산했던 것일 수 있겠네요.

단군왕검: 촘촘하고도 세심한 산술적 처리를 통하여 300여 법률에 대한 체계도 마련되었다는 것을 얼마든지 추정할 수 있지 않겠는가?

후손: 현대에 출간한 자료인 『성조단군(聖祖檀君)』도 참고할 수 있습니다. 다른 자료에는 없는 '12훈'과 '한얼교서 365조'가 보여 매우 눈길을 끌지요. 먼저 이 기록의 저자(金鱗)는 '12훈'이 '단군 한배검의 지극히 존엄하신 말씀'으로 온 세상 사람들이 반드시 지켜야 할 율문(律文)이라

고 소개하고 있습니다.

단군왕검: 하지만 그 자료에도 구체적인 근거는 제시되어 있질 않네.

후손: 그래서 기록의 저자(金鱗)가 소개한 글을 모두 어르신(단군 한배검)의 참된 유훈으로 여기려면 관련 자료가 보완되어야 할 듯합니다. 더욱이 제시된 내용들의 문투가 마치 근현대에 유행하던 도덕관이나 금언 등으로 여겨질 정도라는 것도 의문스럽습니다. 한 예로 첫 1조에서는 "사람은 본시 가진 것 없이 이 세상에 태어났다가 가진 것 없이 저 세상으로 돌아가나니, 순간에 변하고 없어질 이 세상의 것을 헛되이 탐내지 말라."라고 하고 있지요. 인생의 허무함을 노래한 현대 한국의 대중가요였던 '하숙생'의 가사를 연상시킬 법한 내용이라 하겠습니다.

단군왕검: 그런데 '한얼교서 365조'는 「성리훈(誠理訓)」, 「신리훈(信理訓)」, 「애리훈(愛理訓)」, 「제리훈(濟理訓)」,

「화리훈(禍理訓)」, 「복리훈(福理訓)」, 「보리훈(報理訓)」, 「응리훈(應理訓)」 등으로 이루어져 있지. 소개된 내용에서는 그대들이 사는 세상의 어떤 조문에 못지않은 정연함이 느껴질 게야.

후손: 하지만 소개한 365조가 정말 어르신(단군왕검) 시절에 만들어진 조문인지는 관련 자료가 보완된 후에나 가려질 수 있을 것 같습니다. 하지만 근현대에 출현한 '12훈'과 '한얼교서 365조'를 다짜고짜 믿지 않겠다는 이야기는 아닙니다.

단군왕검: 이보게. 수천 년 전의 일을 훤히 알기는 어렵지 않겠나.

후손: 좀 더 신중해야 한다고 생각할 뿐입니다. 그러나 이미 『삼국유사』에 환웅님께서 사람에 관한 300여 가지 일을 주관하고자 했다는 기록이 있어 다행스럽기만 합니다. 그래서 상고 조선의 사회에서 법률이 이루어져 시행

되었을 개연성은 부정하기 어렵다는 의견입니다. 그 법률의 중핵을 이루는 정신은 무엇보다 전체 공동체의 안녕과 번영에 관련한 것이라는 점도 믿어 의심치 않습니다.

단군왕검: 최고 통치 책임자였던 나 단군왕검은 그 같은 상고조선 사회의 법률을 제정할 때 기획과 집행을 모두 적극적으로 실행했지. 온 사람을 보듬어줄 테두리가 될 수 있기에 나는 온 정열을 다해 그 법률 체계를 만들었던 거야.

나 단군왕검은 풍속과 내치 체계의 골격을 세웠지

후손: 『대동사강』을 보면 어르신(단군왕검)께서는 초기에 나라 이름을 진단(震檀)이라 하였습니다. 그런데 『삼국유사』나 『제왕운기』에서는 나라 이름을 '조선'으로 표현하고 있어 헛갈립니다.

단군왕검: 처음의 나라 이름이 본래 무엇이었는지 궁

금할 게야. 실마리라고 할만한 게 있어. 중국 측의 오래된 지도인 「우적도(禹迹圖)」나 「춘추열국지도(春秋列國之圖)」를 보게나.

후손: 어떤 내용이 있나요?

단군왕검: 지금의 한반도가 아닌 홍산 유적과 관련한 지역에 단(檀)이라는 지역명이 뚜렷하게 확인되고 있다네. 따라서 상고 시기에 우리 겨레는 혹시 지금의 한반도,

『삼재도회』 속에 보이는 북방의 '단(檀)'

산동 일대, 내몽골 지역에 연고 지역이 각기 분산되어 있던 것일 수 있다는 추론을 자연스럽게 할 수 있지 않겠나?

후손: 아! 그렇군요. 요서 지역에 이미 '단'이라고 불리는 땅이 있었군요! 그런데 『삼국유사』에 보이는 '신단(神壇)'의 단(壇)과는 어떻게 다른 건지.

단군왕검: 차분하게 헤아려보시게.

후손: 우리말에 보이는 단단하다의 '단'일 수도 있겠고, 달콤하다의 '단'일 수도 있겠고, 또 달아올랐다는 뜻의 '단'일 수도 있겠지만요.

단군왕검: 한 가지만 고집할 필요가 있겠는가. 하나가 모든 것에 통한다고 이해하면 실마리를 찾을 수 있지 않겠는가.

후손: 아. 예. 우리의 옛 나라 이름이 '단'이라면 단단한

나라, 달콤한 나라, 쇠붙이를 달구는 단김의 나라. 여러 뜻을 지닌 것으로 이해하면 되겠군요.

단군왕검: 좋도록 여기시게. 중요한 것은 백성들이 불편함을 느끼지 않고 살아가는 조건을 마련해주는 것이지.

후손: 맞습니다. 백성들의 삶이 우선시되는 것이 나라가 존재하는 이유니까요.

단군왕검: 나는 백성들에게 기본적인 풍속의 기준을 제시하였다네. 곧 "백성에게 머리카락을 엮고 머리를 덮도록 하며, 음식을 익히고 옷과 사는 곳의 제도를 가르쳤다."라는 내용으로 요약되지.

후손: 머리카락을 엮게 한 이유가 궁금합니다.

단군왕검: 머리카락을 치렁치렁하게 풀지 말고 묶었다면, 산과 들 또는 물가에서 생업 활동을 할 때 불편함을 덜

느꼈을 거야. 또한 머리를 쓰개로 덮게 하는 조치(개수, 蓋首)는 당장 해충이나 짐승들의 공격에 머리를 보호한다는 의미가 있지.

후손: 예! 마치 오늘날 건설 현장에서 작업자가 쓰는 안전모와 같은 의미겠군요.

단군왕검: 또한 음식을 익혀 먹게 한 것은 소화력을 촉진하는 효과는 물론 생고기를 먹음으로써 느끼게 될 장기에 대한 부담감 또는 병증의 유발을 막는 효과를 기대했기 때문이기도 하지. 뿐만 아니라 걸치는 옷과 사는 집에 관한 것도 생각해보았지.

후손: 어떻게요?

단군왕검: 백성들이 단순하게 여름에는 그저 나뭇가지로 엮은 둥지에서 살고 겨울에는 굴을 찾아 들어가는 상태였지. 나는 백성들이 한껏 앞서나가는 삶이길 바랐다

네.

후손: 아무래도 어르신(단군왕검)의 생활과 풍속에 관한 조치는 그에 따른 생활 기술의 진전을 바탕으로 실현된 상고사회의 질적 전환을 이끌었다는 느낌이 듭니다.

단군왕검: 나는 또한 신하와 남녀를 구별하는 방안을 마련했다네. 그러한 조치는 이미 나 단군왕검의 치세에 조정의 기본 질서를 정립하고 남녀 간의 성적 구별에 따른 사회적 분별을 실행했음을 드러낸 것이지.

후손: 그래서 "말하지 않고도 믿었고 화내지 않아도 위엄이 있었으며 하지 않았어도 교화되었다."라고 평가한 것이군요. 그만큼 백성들이 잘 융화되었다는 것이네요.

단군왕검: 나는 풍속과 생활문화를 다듬고서 다시 중앙의 내치 체계를 구축했지.

후손: 예. 그 "왕자 부루를 호가로 삼아 뭇 가(諸加)를 이

끌게 했고, 왕자 부소를 웅가로 삼아 형률을 맡게 했다."는 것을 알고 있습니다.

단군왕검: 그뿐이 아니지. "부우왕자를 취가로 삼아 병환을 맡게 했고, 왕자 부여가 예의를 관장케 하였으며 신지로써 마가로 삼아 글을 담당케 했으니 신지는 구변진단의 그림을 지어서 역대로 아홉 번 뒤바뀔 것을 미리 말하였다."라는 기록도 있질 않는가.

후손: 맞습니다. "고시는 우가가 되어 밭일을 관장하였고 치우 씨는 웅가가 되어 병무를 관장하였으며 주인은 학가가 되어 선악을 관장하였다."라고도 전하지요.

단군왕검: 나의 내치 내용은 비교적 구체적이지. "여수기는 구가가 되어 여러 고을을 나누어 정돈시켰으며, 팽우에게 명하여 나라 안의 산과 내를 다스렸다."라는 내용이 이어지지 않는가.

3. 적극적인 외교의 기획자이자 집행자, 단군왕검

나 단군왕검의 외교 내용은 『세종실록(世宗實錄)』에도 뚜렷이 남았노라

후손: 어르신(단군왕검)께서는 통치 기간에 놀라운 외교계획을 꾀한 점이 여러 서사 자료에 보이더군요.

단군왕검: 나는 급박한 시기에는 분명한 외교조치를 했지. 그것도 주도적으로.

후손: 『세종실록』에서는 어르신의 외교 행위를 볼 수 있

겠더군요. 그에 따르면 "단군이 당요(唐堯)와 더불어 같은 날에 임금이 되고, 우(禹)가 도산(塗山)의 모임을 이루자, 태자(太子) 부루(夫婁)를 보내어 조회하게 하였다."라는 내용이 확인됩니다.

단군왕검: 그런데 그 기록을 두고 21세기에 오로지 정사만을 중심으로 역사를 헤아리는 연구자들에겐 의심스러울 수 있겠지.

후손: 맞습니다. 그 내용이 단군에 관한 가장 이른 기록인『삼국유사』에는 정작 보이지 않기 때문이지요.

단군왕검: 그러한 태도는 꽤 합리적인 것 같지. 하지만 매우 불합리한 의견일 뿐이네. 첫째,『삼국유사』에 나 단군왕검의 시기에 관한 모든 내용이 적혀 있다고 볼 수 없기 때문이지. 고려 후기의 승려 일연을 필두로 하는 불교계 사서 편찬자들이 당시에 수집한 자료가 도대체 어떤 경로를 통해 입수되었는지부터가 분명치 않아. 또한 고

려 후기 당시에 모은 역사 사료의 분량도 얼마만큼이었는지도 전혀 알 수 없고.

후손: 또한 『삼국유사』에 실린 어르신(단군왕검)에 관한 기록은 본래의 내용에 비해 상당 부분이 누락된 채로 약술된 결과일 수도 있겠지요.

단군왕검: 그렇지. 그러므로 한참 뒤에 편찬된 조선시대의 『세종실록』에 나(단군왕검)에 관한 기록이 보이는 것에 대해 마냥 의문을 가질 수는 없지. 나(단군왕검)에 관한 『세종실록』의 기록이 『삼국유사』의 기록보다 훨씬 풍부할 수 있는 이유는 얼마든지 존재하는 셈이거든.

후손: 또한 『세종실록』에 보이는 어르신(단군왕검) 관련 기록이 더욱 자주적이고 고유한 역사문화 기록일 수 있지요. 국왕인 세조가 고유 역사 기록에 대한 무차별적 징수 명령이 내린 때보다 앞선 기록이 『세종실록』이니까요.

단군왕검: 바로 그 점에서 깊은 유의가 요구된다네. 다시 말해『세종실록』의 기록은 세종 치세의 사관들이 남긴 사초를 바탕으로 이루어진 세조 이전의 기록이란 점이기 때문이야.

후손: 세조 시절에 20종 가까이 되는 상고 관련 역사 기록의 명칭이 일일이 지목되어 강제로 관청에 바치라는 엄명이 내려졌지요. 따라서 어르신(단군왕검)의 시기에 부루태자를 우에게 보냈다는 외교 기록은 세조 때에 미친 바람처럼 몰아친 문화 폐해의 참혹한 참사를 입기 전에 쓰인 것이지요.

단군왕검: 조선 세조의 일그러진 역사관에 따른 정통사서의 훼손과 파괴의 만행이 일어나기에 앞서 있던, 본래의 상실되지 않은 역사 기록이 되는 거지. 나 단군왕검의 소중한 외교 행적이『세종실록』에 고스란히 남아 있는 것은 그나마 다행이지.

후손: 그런데 어르신(단군왕검)의 시기에 펼쳐진 외교 내용은『대동사강』에는 빠져 있어 그 이유가 궁금합니다.

단군왕검: 불편한 대목일세. 일종의 의문이야. 실수에 따른 누락인지 아니면 다른 이유가 있었는지는 전혀 알 수가 없어. 다만 그 무렵을 전후하여 출현하는 다른 기록들 가운데 이 나 단군왕검 시절의 외교 기록은 거의 빠지지 않고 있지.

후손: 맞습니다. 근대의 독립지사이던 이시영이 남긴『감시만어(感時漫語)』나 단재 신채호가 남긴『조선상고문화사』등 숱한 역사 관련 저술에 거의 전해지고 있습니다. 사실상 만약에『세종실록』에 해당 기록이 실려 있지 않았다면 기록을 까다롭게 살펴보는 오늘날의 일부 논자들은 해당 상고조선 시기의 외교 기록이 터무니없는 기록이라 비판할 수도 있을 것입니다.

단군왕검: 하지만 상고조선 시기의 외교 기록이 다른

기록도 아닌 『세종실록』이란 관찬 기록에 분명하게 있으니 그야말로 정말 다행스러운 일이지.

후손: 어르신(단군왕검) 시절의 외교가 당당히 전개되었다는 점을 확인할 수 있어서 그저 감사할 따름입니다.

나 단군왕검의 외교 내용은 다양한 관점으로 살펴보아야 한다

후손: 어르신(단군왕검)의 시절에 수행된 외교 행위는 그 원인부터 다양한 관점이 반영되어 전해지고 있습니다. 우선 『세종실록』의 기록자는 '조회' 차원으로 단군왕검의 맏아들이 마치 아랫사람으로서 윗사람인 우에게 조회에 참여한 것처럼 전하고 있기 때문이지요.

단군왕검: 하지만 근대의 김교헌은 자신의 저술인 『신단민사』의 '제2장'에서 순(舜)임금이 당시 조선의 서쪽에 유주와 영주를 일방적으로 설치하고 그들을 구주 땅에 봉

하는 조치를 한 것을 따지기 위해 파견되었다는 의견을 밝혔지.

후손: 그러한 의견에 거의 같은 내용으로 서술하고 있는 기록이 『감시만어』이죠. 한편 신채호는 자신이 저술한 『조선상고문화사』에서 중국의 기록인 『오월춘추』를 거론하면서 현이(玄夷)의 창수사자(蒼水使者)가 바로 어르신(단군왕검)의 맏아들인 부루이고, 부루는 금간(金簡)에 새겨진 신서(神書)를 전달하였다고 했지요.

단군왕검: 금간이 구체적으로 무엇인지는 알 수 없겠지?

후손: 금간이 곧 신서인데 그 내용이 '오행치수(五行治水)의 도(道)'와 연관되었다는 것은 잘 알려진 내용이지요.

단군왕검: '오행치수(五行治水)의 도(道)'라는 것은 문

자 그대로 오행의 원리에 따라 물을 다스리는 방도라는 뜻이라네. 결국 나 단군왕검은 맏아들인 부루를 통해 홍수 따위의 물난리를 잘 극복할 수 있는 방도를 적힌 기술적 내용이 담긴 기록물을 우에게 건네주었던 것이지.

후손: 그런데 신채호의 그 같은 견해는 갑작스러운 것으로 여겨질 수 있습니다. 그러나 1909년에 망국적 상황을 비통하게 여기며 음식을 끊고 유명을 달리한 우국지사 이기(李沂, 1848~1909)가 남긴 『증주진교태백경』을 보면 다시 생각하게 됩니다.

단군왕검: 이기는 자신의 글에서 나(단군왕검)의 속마음을 잘 표현했지. 내가 황금빛 거북의 몸에 신이한 글을 매달아 물속에 띄워 보냈는데 그 거북의 글을 얻은 이가 '우'라고 알려진 사람이야. 그 우(임금)가 얻은 글로서 바로 오늘날까지 신이한 글로 여겨지는 낙서(洛書)라는 내용이 『증주진교태백경』에 쓰여 있기 때문이야.

후손: 여러 기록에 각기 달리 적혀 있기에 그저 『세종실록』의 기록대로만 이해하는 것이 어쩐지 내키지는 않습니다. 그렇다고 근대에 기록된 관련 내용을 무조건 믿기에는 관련 자료가 보완되어야 할 것만 같습니다.

단군왕검: 나 단군왕검의 치세에 정말 부루태자를 우에게 보냈다면 그게 무엇을 의미하는지 후손들은 고민해보길 바라노라.

우의 조회 참석 통보에, 나 단군왕검은 이중 사신으로 맞섰노라

후손: 어르신(단군왕검)의 시기에 부루태자를 우 지역에 보냈다는 기록은 당시의 팽팽한 외교적 신경전을 반영한 것일 수 있다는 추론을 할 수 있게 합니다. 조선에서 한 명이 아닌 두 명의 사신을 각기 보낸 의도가 있으니까요.

단군왕검: 비밀스러운 외교 내용을 어찌 알았는가? 기

특하이.

후손: 고려 후기의 인물기인 『화동인물총기(話東人物叢記)』를 보고 그렇게 생각하게 되었습니다. 어르신의 치세에 우 땅에 보내진 외교 특사가 엉뚱하게 '부근세자(扶槿世子)'라고 전해지고 있기 때문이지요. 통상적으로 알려진 부루태자가 아닌 것이지요.

단군왕검: 그 같은 기록을 두고 부루태자를 잘못 기록한 결과로도 볼 여지가 있기는 하지. 그러나 그렇게 본다면, 태자를 세자로 격을 낮추어 기록한 게 문제가 된다네. 아무리 고려 후기의 지식인들이 저급한 소중화의식에 사로잡혀 있다고 상상해도 말일세. 자국의 오래된 선대 인물의 격을 태자에서 세자로 스스로 낮추기까지 하였다고 비판당할 수 있기 때문이지.

후손: 그런데 태자를 세자로 격하시키는 것을 백 번 이해하더라도 정작 특사의 이름을 부루가 아닌 부근이라고

한 점은 이해할 수 없습니다. 『세종실록』을 비롯한 관련 기록들은 모두 특사 이름을 '부루'라고 밝혔거든요. 부근이라고 밝힌 기록은 전혀 없습니다.

단군왕검: 그 부분의 비밀을 풀어보시게.

후손: 저는 어르신(단군왕검)께서 태자인 부루와 세자인 부근을 모두 우 땅에 함께 보냈을 가능성을 생각하게 되었습니다.

단군왕검: 옳거니. 바로 그걸세.

후손: 제가 그렇게 여기는 데에는 중국 측의 『사기』「오제본기」의 내용 때문입니다. 『사기』「오제본기」를 보면, 순임금 시기의 동북아 형세를 대략 추정할 수 있거든요. 그 기록에 우리를 조선이라고 표현한 글귀는 없습니다. 그러나 우리 상고조선과 연관되는 지명이 무려 세 곳이나 거론하고 있다는 점은 매우 흥미롭습니다. 곧 북방의

발(發)과 식신(息愼) 그리고 동방의 조이(鳥夷)가 그러하지요.

단군왕검: 소신껏 말해보시게.

후손: 발식신은 흔히 서기 전 7세기경에 쓰였다는 『관자』라는 기록의 발조선과 거의 같은 정치 집단으로 이해되고 있어 참고할 수 있습니다. 그러한 견해를 바탕으로 본다면 식신이 곧 조선인 셈이기도 하지요. 그런데 좀 더 신중할 여지가 있기도 합니다. 뿐만 아니라 동방의 조이를 두고 오늘날의 한반도로 추정하는 연구자도 있어 참고할 수 있습니다.

단군왕검: 핵심을 말해보게.

후손: 또 『사기』「오제본기」에서는 그 순(舜)조에 발식신과 조이를 두 번에 걸쳐 거론하고 있지요. 한 번은 그냥 조공의 대상으로 거론했습니다. 곧 "오직 우의 공이 컸는데,

9산을 깎고 9호수를 통하게 하고 9강을 뚫리게 하여 9주(州)를 평정했다. 각각의 방향에서 와서 공물을 바쳤다. (중략…) 사방 오천 리에 이르렀다. 황복의 남쪽에서는 교지, 북발이 왔고, 서쪽에서는 융, 기지, 거수, 저, 강이 왔다. 북쪽에서는 산융, 발, 식신이 왔고, 동쪽에서는 장이(長吏), 조이가 왔다. 사해지내(四海之內)가 된 것은 모두 순임금의 공이었다."라는 내용이지요.

단군왕검: 우리 상고조선이 그저 조공을 바치는 약한 곳으로 표현한 셈이지.

후손: 그런데 다시 발식신과 조이 등지를 또 거론하고는 그들 지역 정치 집단들을 무마했다는 내용이 소개되지요. 곧 "우가 9주를 평정한 다음 각각 그 직책으로 와서 공물을 바쳤는데, 황복(荒服)에 이르러서는 북쪽으로 산융(山戎)·발·식신을 무마하고, 동쪽으로는 장이·조이를 무마하여 모두 순임금의 공을 떠받들게 하였다."라는 내용입니다.

단군왕검: 그 기록을 찬찬히 읽어보면 우 측이 많은 동북아의 정치 집단을 소집하고 또 그들을 무마하려고 한 것을 알 수 있다네.

후손: 그렇습니다. 우가 무마하려고 했다는 점은 소집 대상인 정치 집단들이 결코 우 측에게 호락호락하지 않았다는 것을 방증하는 것일 수도 있지요. 더욱이 북방의 발과 식신 그리고 동방의 조이는 우리 한민족의 상고조선 시기 강역에 해당하는 지역들이기도 한 점을 유의해야 합니다.

단군왕검: 『대동사강』을 보면 나 홍성제(단군왕검) 시절에 점유한 지역이 "동쪽으로는 큰 바다에 이르렀고, 남쪽으로 열수에 이르렀으며, 서쪽으로 난하(灤河)에 이르렀고, 북쪽으로는 흑수에 이르렀다. 동서로 5,000여 리이며 남북으로 6,000여 리였다."라고 한 내용이 적혀 있다네.

후손: 아주 중요한 대목이지요. 그리고 어르신(단군왕검)께서 부루태자와 부근 세자를 모두 우 땅에 보내셨다면, 그 두 사람에게 맡겨진 사명은 조금 달랐다고 보아야 하겠지요?

단군왕검: 나는 잘 알려진 것처럼 태자인 부루를 우의 공식적 행사에 국빈 인사로 참석케 하였지. 그리고 세자인 부근에게는 비공식적으로 우 땅의 내정을 살피게 했던 게야.

후손: 역시 어르신께서는 매우 깊은 안목으로 외교 활동을 펼치셨군요. 그래서 『세종실록』을 비롯한 관련 문헌들에 부루태자가 수행한 외교 행위의 목적이 각각 달리 기록된 것과도 연관될 수 있지요. 그 외교 행위의 목적과 이유가 다양했다면 그것은 부루태자가 홀로 처리하기에 부담스러울 수 있었을 터입니다. 따라서 부근 세자도 외교의 여정에 동참했지만 부루태자와는 달리 실제적이고 공식적인 사신 활동이 아닌 독특한 탐지 활동을 펼쳤을

가능성은 얼마든지 추론해 볼 수 있습니다.

단군왕검: 세상에 남겨진 기록에는 부근세자가 펼친 활동을 구체적으로 밝힌 기록이 없다네. 하지만 나의 두 아들은 모두 조국인 조선을 위해 애국적 대외 활동을 펼쳤다고 할 수 있다네.

『오월춘추』에 담긴 단군왕검 시절 외교의 특급 비밀

후손: 단군왕검 어르신께서는 부루태자에게 매우 신성한 임무가 맡겨서 우에게 보내신 것이지요?

단군왕검: 그렇네. 그것은 중국인들이 남긴 『오월춘추』에 담겨 있지. 거기에 나의 맏아들을 창수사자로 표현하였는데, 바로 부루태자라네.

후손: 부루태자께서 찾아간 곳이 '완위(宛委)' 땅이었지요? 『괄지지(括地志)』에 따르면 완위라는 곳은 산인데, 회

계산의 한 봉우리라고 소개하고 있더군요.

단군왕검: 『오월춘추』에서 『황제중경력(黃帝中徑曆)』이란 신이한 책을 거론하고 있어. 그 자료에 보이지.

후손: 거기에는 이렇게 쓰여 있지요. "동남쪽에 천주(天柱)가 있는데 완위산(宛委山)이라고 한다. 적제(赤帝)께서 계신 대궐의 바위 꼭대기에 무늬가 있는 옥(文玉)으로 받치고 경석(磬石)으로 덮어놓은 금간이 있는데 푸른 옥에 글씨를 새겼고 흰 은(白銀)으로 엮었으며 그 문자는 모두 전자(篆字)로 썼다."

단군왕검: 그 뜻을 쉽게 이해하기는 어렵지.

후손: 우가 백마의 피로 제사를 올리고 금간을 찾고자 하였으나 쉽게 찾지 못하고 잠들었는데, 꿈속에서 '붉은 빛깔로 수를 놓은 비단 옷을 입은 남자(赤繡衣男子)'를 만났다고 하였지요. 그 남자는 스스로 현이의 창수사자(玄

夷蒼水使者)라고 말했다고 하고요. 그리고 다시 말하길, "내 산에 있는 신서(我山神書)를 얻으려거든 황제산(黃帝山) 바위의 아래에서 몸을 재계(齋戒)한 뒤 삼월 경자일(庚子日)에 산에 올라 돌을 빼어보면 금간지서(金簡之書)가 있을 것이다."라고 했다지요?

단군왕검: 그 뒤에 우는 꿈속에서 나의 맏아들인 부루곧, 창수사자가 일러준 대로 산에서 물러나 재계한 뒤에 삼월 경자일에 완위산에 올라 바위를 들춰내고 금간지서를 찾았지. 그리고 우는 결국 금간옥자(金簡玉字)를 보고 물을 오가게 하는 이치(通水之理)를 얻은 것으로 기록되어 있어. 그 기록은 나의 맏아들을 통해 우가 물을 다스리는 법을 얻게 되었음을 일깨우고 있다네.

후손: 『오월춘추』의 기록을 통해 상고 시기의 엄청난 비밀을 엿보는 흥분을 느끼게 되네요.

단군왕검: 그렇네. 무엇보다 창수사자로 표현된 나의

맏아들이며 상고조선의 태자인 부루가 완위산을 일컬어 '나의 산(我山)'이라고 당당하게 밝힌 점은 중요하지. 더욱 중요한 점은 창수사자가 스스로 자신의 산이라고 한 그곳의 돌 사이에 금간지서가 숨겨져 있었다는 점이야.

후손: 그러한 이야기를 좀 더 풀어서 가르쳐주십시오.

단군왕검: 금간지서가 숨겨진 돌의 구조가 '바위 꼭대기에 무늬가 있는 옥(文玉)으로 받치고 경석(磐石)으로 덮어 놓은 형태'라는 점이지. 이는 영락없이 고인돌의 구조 그 자체인 것이야. 금간지서라는 신서를 갈무리하고 있던 돌들이 바로 고인돌의 구조였다는 말일세. 다만 그 돌의 재료가 여느 돌이 아닌 문옥(文玉)의 굄돌과 경석(磐石)의 덮개돌이란 점에서 다를 뿐이지. 신성한 글이 놓여 있던 곳이니 그 재료 또한 오죽 달랐겠는가.

후손: 놀랍군요. 애초에 금간지서가 숨겨진 바윗돌이 있는 곳에 천주(天柱)가 있었다는 것도 예사롭지 않은 듯

합니다.

단군왕검: 그렇지. 그것은 길쭉하고도 우람한 기둥의 모습으로 추정할 수 있지 않겠는가. 바로 솟대를 연상시키기에 넉넉한 표현인 게지.

후손: 그렇다면 어르신(단군왕검)께서는 부루태자를 일부러 완위산으로 보낸 것인지요? 『오월춘추』에 보이는 완위산은 우리 겨레와 연관되는, 일종의 유서 깊은 고지(故地)의 한 곳이었던 것만 같네요. 그렇지 않고서야 부루태자가 어찌 완위산을 '나의 산(我山)'이라고 했을까요?

단군왕검: 제대로 읽었네.

후손: 여기서 한 가지 견주어 볼 사항이 또 있습니다. 근대의 우국지사였던 이시영이 남긴 『감시만어』의 기록이 그렇습니다. 그에 따르면, 명나라 사람인 왕세정(王世貞, 1529~1593)이 쓴 『속완위여편(續宛委餘編)』이 거론되

고 있지요. 그 기록에 따르면 우리 동방의 단군님의 가르침이 어떻게 대대로 이어졌는지를 약술하고 있어 실로 충격적이거든요. 곧 부여에서는 '대천교(代天教)', 신라에서는 '숭천교(崇天教)', 고구려에서는 '경천교(敬天教)' 고려 때는 '왕검교(王儉教)'라 했는데, 모두 삼신(三神)을 제사하는 것이라고 소개하고 있기 때문입니다.

단군왕검: 왕세정이 쓴 기록의 이름에 분명히 '완위'가 들어갔고, 『오월춘추』에 보이는 완위산을 창수사자 곧 나의 맏아들인 부루태자가 '나의 산'이라고 밝힌 점이 주목할 만하지.

후손: 공통되는 것이 바로, '완위' 땅이란 점이지요. '완위'의 땅이 참으로 우리 겨레의 근본과 연관되는 땅이라는 것을 추정해볼 수 있습니다. 그러므로 어르신(단군왕검)께서 부루태자를 우 땅에 보낸 데에서 숨겨진 우리 겨레의 정통고전(통수지리의 神書)이 제대로 보관되어 있는지를 살펴보게 한 의도가 느껴집니다.

단군(왕검)께서 우에게 낙서의 비밀을 건네주었던가

후손: 어르신(단군왕검)께서 태자인 부루를 도산에 보낸 일화와는 별도로 동방의 거룩한 진리 체계를 우에게 건네주었다는 일화도 있더군요.

단군왕검: 혹시 내가 우에게 건넨 것이 실은 '낙서'였다는 것을 알고 있는가?

후손: 근대의 우국지사였던 이기가 지은 『증주진교태백경(增註眞教太白經)』에 이미 그와 관련한 내용이 실려 있거든요.

단군왕검: 오호라. 그 내용이 기록됨은 실로 기특한 일이로다.

후손: 『증주진교태백경』에 따르면, 처음 진군(단군)이 글을 이루어서 그것을 부장한 금빛 거북을 바다에 띄우

면서 이렇게 말씀하셨다고 합니다. "동쪽으로 가든지 서쪽으로 가든지 너에게 맡기어 머무는 바에 이를 얻는 이가 성인이 되어라!"

단군왕검: 동방 평화를 이루려던 나의 깊은 바람이 기록되어 있었다니 참으로 갸륵하도다.

후손: 어르신(단군왕검)의 깊은 뜻에, 거북은 우가 있는 낙수 물가에 이르렀지요. 그리고 우는 거북 몸에 부착된 신서를 얻었다고 합니다.

단군왕검: 우가 그때 얻은 신서를 사람들은 낙수의 물가에서 얻은 신서라고 하여 낙서라 불렀지.

후손: 뒤에 낙서는 이윤이라고 하는 사람이 얻었고 다시 전해진 것을 또 기자가 얻었다고 합니다. 또 기자를 진군의 제3세 화신이라고도 하였으니, 참으로 동방 전체를 한 품으로 보듬는 마음이 표현된 것이지요. 결국 우리 겨

례와 중국 사람들을 '두 집안의 한 후손'이라 일컬음이다."

라는 내용까지 기록하고 있지요.

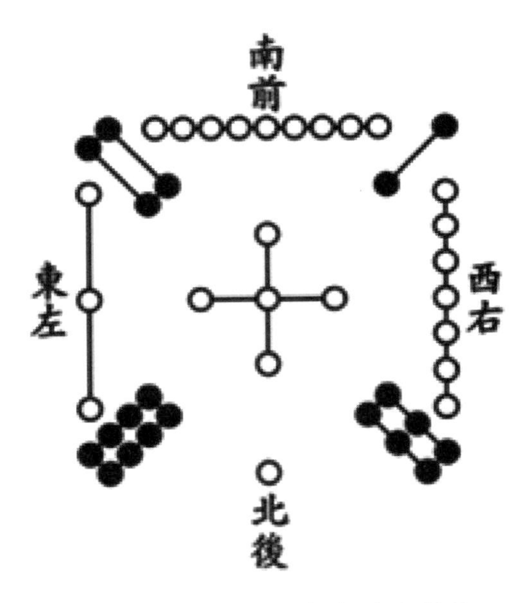

낙서. (『증주진교태백경』에 따르면, 단군이 낙서를 우측에게 보낸 것이라는 내용이 있다.)

단군왕검: 그 같은 내용은 참으로 희귀한 내용이지. 동방 상고사의 비밀인 셈이야.

후손: 하지만 해당 기록을 무조건 믿기는 사실 쉽지 않습니다. 일단 황당하다는 느낌 때문에.

단군왕검: 이해할 수 있는 바이지만, 오래된 상고 역사를 쉽게 믿을 수 있다거나 없다 할 수는 없는 법이라네.

후손: 다만 기록 내용을 적어 전한 인물은 근대 호남 지역의 문사로 명성이 높고 애국 활동을 벌이기도 한 우국지사 이기이기에 다짜고짜 불신할 수도 없지요. 더욱이 이기가 전한 내용은 다른 문헌 자료에는 전혀 없어 희소성을 크게 느끼게 합니다. 또한『증주진교태백경』의 자료 성격을 고려해볼 때 해당 내용은 얼마든지 속에 들어갈 내용이기도 한 점을 이해합니다. 문제는 해당 기록 내용이 있을 법한 것인지를 가려내는 것이지요.

단군왕검: 후손들이 상고사를 제대로 살피는 데 필요한 분명한 자료가 별로 없어 안타깝도다.

후손: 따라서 오늘날까지 동방의 우주 철학을 담고 있다고 전해지는 낙서가 상고 시기에 어르신(단군왕검)에 의해 우에게 전해졌다는 내용은 관련 자료의 적지 않은 보완이 뒷받침되어야 할 것입니다.

단군왕검: 그대들은 눈 앞의 어려움에 주눅 들지 말고 관련된 자료를 찾는 데 정성을 더하라!

후손: 저는 다만 익숙한 윷가락으로 말씀드린 내용을 어렴풋이나마 살피고자 합니다. 실마리가 보이기를 간절히 바랄 뿐입니다.

단군왕검: 윷가락에는 거룩한 뜻이 있지.

후손: 낙서는 가운데의 흰 원으로 표현된 도상의 수(5)에다 주변에 방사상으로 뻗은 수를 모두 더한 수가 15가 되는 원리로 이루어졌지요.

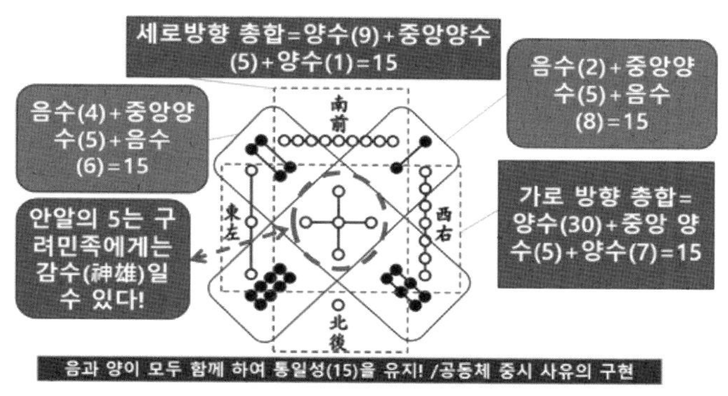

낙서의 숨겨진 의미(박선식 작성)

단군왕검: 합한 수가 15로 한 가지인 점은 어느 경우에나 우주는 한 가지로 통한다는 것을 의미한다네.

후손: 저는 근대에 계연수가 전한 『태백일사』라는 기록에 보이는 신시시대의 산목(算木)에서 5를 상징하는 부호인 'x'에 주목하고자 합니다.

단군왕검: 상고 시기에 다섯을 x로 표시했지.

후손: 우리 겨레의 전통적 윷가락에 그 표시가 세 개씩 분명하게 새겨져 있다는 점은 매우 눈여겨볼 만합니다. 따라서 윷가락 하나에는 모두 15라는 수가 표현된 것임을 알게 됩니다.

단군왕검: 바로 그러한 표시를 통해 우리의 윷가락은 낙서에서 드러내는 15의 수적 원리와 같은 맥락성을 지닌 것임을 알게 되느니라. 물론 윷가락에 15의 수적 상징이 새겨져 있다고 무조건 낙서의 원리와 똑같다고는 할 수 없겠지만.

후손: 더욱이 윷가락은 모두 네 개로 전체 수의 합은 60(5x3x4=60)이 됩니다. 60은 바로 한 사람이 겪으며 도는 삶의 채움 수가 되는데, 곧 회갑 직전에 이루어지는 갑자(甲子)인 셈이지요.

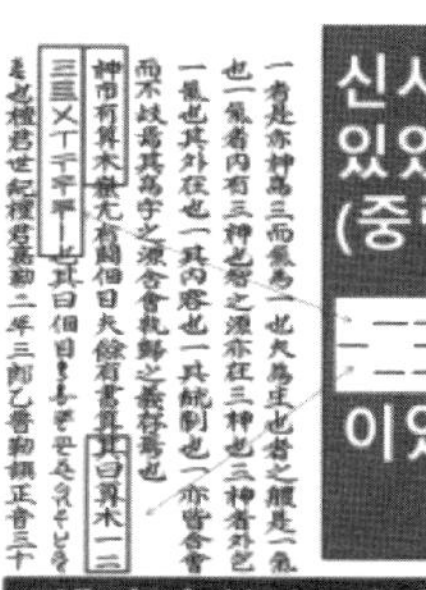

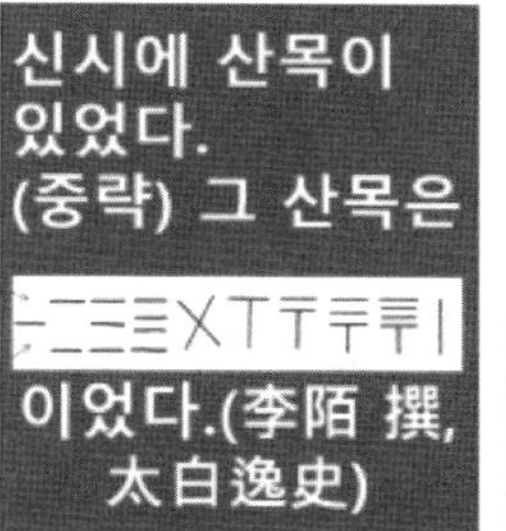

윷가락에 반영된 낙서의 '15'

단군왕검: 뿐만 아니라 15와 60이 지니는 수적인 상징이 윷가락에 반영되어 놀이하는 이의 손에 의해 던져지고, 다시 윷널(말판)을 운행하며 돌아가지. 돌고 돌아가는 그 놀이 자체가 하나의 우주 운행과정을 표현했다고도 할 수 있어. 따라서 윷가락에 의한 윷놀이는 낙서에 담긴 우주의 운행 원리와 크게 다르지 않다고 느끼게 하지.

후손: 앞서 『증주진교태백경』의 기록을 밝혔지만, 어르신(단군왕검)께서 우에게 건넸다는 우주 원리를 담은 기록은 윷놀이에 담긴 원리와 비슷했다고 할 수 있겠군요.

단군왕검: 내가 깨달은 신이한 원리를 담은 기록을 다시 금빛 거북의 몸에 부착하여 물가에 띄웠고, 마침내 그 신이한 기록을 우가 얻어 낙서를 이루었다는 이야기는 억지로 꾸민 것으로 느껴질 수도 있어 우려된다네.

후손: 낙서는 사실상 어르신(단군왕검)의 태자인 부루를 통해 건네진 금간신서(金簡神書)의 '통수지리(通水之理)'를 반영한 것일 수도 있겠다고 여겨야 옳을 것 같습니다.

단군왕검: 내가 맏아들인 부루를 통해 우에게 건네준 금간신서 자체가 금빛인 점도『증주진교태백경』속의 '금빛 거북이(金龜)'의 이미지와 상통한다고도 할 수 있다네.

4. 민생화평을 꾀하며 광역 경영의 틀을 갖춘 임금, 단군왕검

나는 백성의 삶을 살피고자 몸소 남행을 했노라

후손: 『고촌선생문집』이란 문헌 자료가 있습니다.

단군왕검: 조선 후기에 배종휘라는 문사가 지은 문집이지?

후손: 『고촌선생문집』이란 문헌에 흥미롭게 어르신(단군왕검)께서 민생을 살피고자 남행에 나선 일화가 소개되고 있더군요.

단군왕검: 그 일화는 내가 남쪽 바닷가로 순행을 갔고 후토(后土)에게 간절한 마음으로 나라의 태평을 빌었던 일을 전하고 있지.

후손: 그때 어르신(단군왕검)께서 제사를 드린 대상이 어째서 후토인지 상당히 궁금합니다.

단군왕검: 그에 관해서는 우선 『국어(國語)』라는 자료를 참고하시게. 그 자료에는 이렇게 기록되어 있거든. "공공 씨(共工氏)가 구주(九州)에서 임금 노릇을 할 때 그 아들을 후토(后土)라고 했다. 구주의 땅을 아주 평안하게 했으므로 제사하여 사(社)로 삼았다."

후손: 그렇다면 어르신께서 후토에 대한 제사를 올린 것은 결국 우리 겨레와 후토가 어떤 연관이 있음을 알게 하는군요.

단군왕검: 하나의 겨레가 까마득한 상고 시기부터 점차

발전한 것이 어찌 이웃한 이들과 무관하겠는가.

후손: 저는 적어도 어르신이 후토에 제사를 올린 점으로 몇 가지를 짐작하게 됩니다. 첫째, 우리 겨레가 공공 씨와 연관되었을 거라는 개연성을 느끼게 한다는 점입니다. 어르신(단군왕검)께서 다른 대상도 아닌 후토에게 제사를 올린 이유가 혈통적 연고가 있기 때문일 것이라는 아주 소박한 추정을 할 수 있게 하기 때문이지요.

단군왕검: 이보시게. 나의 선조이신 환인님께서 밝힌 홍익인간의 정신을 생각하자면 특별히 가리거나 맞설 피붙이는 애초에 없었다네.

후손: 그렇군요. 다음으로 저는 남성 중심의 신앙의식을 엿볼 수 있었습니다. 후토가 공공 씨의 아들이라는 점을 통해서 말입니다. 어르신(단군왕검)과 그 이하 사람들이 여신에 대한 신앙의식이 아닌 남성 계열의 신격을 숭앙했을 거라는 개연성을 느끼게 하기 때문이지요.

단군왕검: 속단하지는 마시게. 『고촌선생문집』이란 문헌에도 나를 따르던 이들 가운데 복지 분야의 일을 맡던 후녀(厚女)가 있었다는 것과, 바닷가에서 신녀(神女) 두 명이 나타나 나에게 신이한 옥동자를 보여주었다는 내용이 나오질 않았는가.

후손: 그렇군요. 그러시다면 후토만이 아닌 다른 신격도 숭앙했을 여지는 얼마든지 있었군요. 남성성 혹은 여성성만을 따진 게 아닌.

단군왕검: 그렇지. 홍익인간의 정신이라면 어찌 특별히 성별을 구분하겠는가.

후손: 후토가 땅을 안정시킨 공로가 있었기에 어르신(단군왕검)께서 자신이 다스리는 지역이 안정되기를 바라는 마음으로 후토에게 제사를 지낸 것일 수도 있겠군요.

단군왕검: 온 겨레가 즐겁고 삶이 아늑해지는 것이라

면 그 누가 되든 마음을 다해 그에게 손을 모아 바라야 하지 않겠는가.

후손: 어르신의 겨레를 아끼고 돌보려는 마음이 어땠는지를 알 수 있는 듯합니다. 그런데 함경북도의 명천군(明川郡)에 전해져오던 '부군산제축(府君山祭祝)'의 축문 기록에서는 분명히 '후토의 도우심(后土之助)'를 바라는 문구를 볼 수 있어서 흥미롭기만 합니다.

단군왕검: 그렇지. 그곳의 사람들도 내가 후토에 기원을 드린 것처럼 똑같이 후토에게 간절한 마음을 전해드렸지.

후손: 그곳 함경북도 명천군에는 이른바 단군제(檀君祭)의 풍속이 많이 남아 있다는 것이 공식적으로 보고된 바가 있기도 하여 매우 주목하게 됩니다. 그런데 『고춘선생문집』에 따르면 어르신(단군왕검)께서 제사를 드리는 가운데 바닷속에서 두 마리의 붉은 용이 나타났고, 하늘

에서는 두 신녀가 나타나 궤짝을 선물했다고 하지요. 그래서 수행인들은 놀라워하며 그 궤짝에서 옥동자를 보았다는데.

단군왕검: 나는 바닷가를 돌아다니며 백성의 삶을 살피기도 했지만 쓸만한 인재를 얻는 데에도 마음을 썼지. 그런 가운데 남해에서 옥동자를 얻었고, 그 아이를 후녀(厚女)들에게 맡겨 기르도록 했던 게야.

후손: 말씀하신 그 아기가 자라 남쪽 바다를 지키는 남해장(南海長)에 임명되었고 그 아이의 이름이 '배천생(裵天生)'이었다지요.

단군왕검: 나는 그 아이를 인재로 키워 남해를 굳건하게 지키고 싶었어.

후손: 『고촌선생문집』에 나오는 배천생 설화에서 어르

해남 단군전의 복식에 담긴 의미

신(단군왕검)의 시기에 관한 몇 가지 일상사의 특징을 읽게 됩니다. 우선 단군님조차 제의를 직접 치르던 당사자였다는 점이지요. 언뜻 단군님은 마치 신과 같은 존재로 착각하기 쉬운데 이는 배천생 설화에서 단군님도 그저 한 명의 사람으로서 삶 속의 고통을 느끼며 그것의 해소를 목적으로 기원 의례를 직접 실행하였기 때문이지요.

단군왕검: 그렇지. 나 단군왕검도 한 사람일 뿐. 나를 신격으로 착각하지 마시게나.

후손: 다음으로 어르신(단군왕검)의 시절부터 이미 상징적인 동물 곧 신수(神獸)가 삶을 표현하였다는 점도 읽힙니다.

단군왕검: 사람의 삶에 있어 마음속의 상상력이란 일종의 문화적 장치와 수단을 꾸미는 밑바탕이기도 한 것 아니겠는가. 상상적인 동물을 문화적 장치나 수단으로 쓰는 게 어쩌면 우리 사람의 기본 정서가 되는 것이겠지.

후손: 배천생의 설화를 통해 이미 상고 시기부터 중임을 맡길 인재가 소중했고, 그에 따라 인재를 얻는 일이 하나의 주요 행사이기도 하다는 것을 알았습니다. 그리고 여성 세력의 존재를 느끼게 되더군요. 어르신(단군왕검)의 수행 집단에 후녀(厚女)라는 특수 여성 관료들이 동행하고 있었던 점이 그러한 것을 알게 합니다. 뿐만 아니라 하늘에 나타났다고 표현된 두 신녀는 이미 그 시기에 수행하는 인물로 여성들이 간여하여 신녀로 표현된 점을 알게 됩니다.

단군왕검: 내가 이미 앞서 이야기한 내용과 겹치는군.

후손: 어르신(단군왕검)에게 노출된 신령한 아기(배천생)는 여느 아기가 아닌 고상하게 수행 활동을 하던 여성 세력권의 귀한 아기로 그러한 인재가 최고 통치자인 어르신(단군왕검)에게 마치 보물이 진헌되는 것처럼 인도된 측면을 느끼게 됩니다. 다시 말해 지역 세력들의 소중한 인재가 중앙 권력에 귀속된 사례일 수도 있다고 해석할 수 있는 대목이지요.

단군왕검: 바닷가이든 뭍이든 나는 소중한 인재를 얻어 온 백성이 행복할 누리를 이룩하려고 애를 썼지.

후손: 해남의 단군전에 모셔져 있는 어르신(단군왕검)의 영정이 흥미롭습니다.

단군왕검: 그곳에 드리워진 내 영정의 복식이 독특하긴 하지.

후손: 맞습니다. 어르신의 겉옷에는 마치 물고기 비늘 같은 꼬라지(어린문)가 보입니다. 게다가 다시 그 곁에는 푸성귀들을 엮어 만든 겉걸치개가 마치 도롱이 같은 모습으로 감싸여 있지요.

단군왕검: 그러한 나의 모습을 통해 내가 강과 바다 따위의 물가와 뭍(육지)을 가리지 않고 백성들의 삶을 살펴 보듬으려는 마음을 지녔던 것을 알아주면 되네.

후손: 옳습니다. 저는 적어도 해남의 단군전에 모셔진 어르신(단군왕검)의 복식에는 육지와 강해(江海)를 포괄하며 펼치시던 어르신의 적극적인 민생 탐방 의지가 담겨 있다는 것을 느낍니다.

단군왕검: 내가 그토록 소중한 인재를 얻고자 마음을 쓴 것에 대해서는 '시루말'의 가사를 참고할 수 있을 것일세.

후손: 예, 잘 알고 있습니다. 사실 『고촌선생문집』의 배천생 설화에서 생각해본 신령한 아기(인재)의 확보라는 생활문화상의 습속이 과연 존재했을까 하는 의구심을 가질 수 있거든요. 그런데 한국의 전통 무속 가사 중의 하나인 '시루말'을 통해서 그러한 추론을 어느 정도 할 수 있다고 생각합니다.

단군왕검: '시루말'의 가사에서는 "텬하궁당 칠셩이 디하궁당 날여와서 가구젹간 인물추심 단이실제"라는 대목이 확인되지 않는가.

후손: 가구적간(家口摘奸)이란 표현은 집들을 돌아다니며 살핀다는 뜻이지요. 인물추심(人物推尋)이란 사람을 찾고 살핌이란 뜻이고요.

단군왕검: 그러한 의미는 최고 권력을 쥔 칠성업위왕(무속적 권력자-필자 주)이 누가 잘하고 잘못하는지, 쓸만한 인재는 누구인지를 집집마다 돌아다니면서 헤아린다

는 의미가 되지.

후손: 무속 가사인 '시루말'의 내용이 반드시 역사적 근거를 가지고 있는지는 단정할 수 없지요. 그러나 무속 가사에는 수천 년 동안 인간 세상의 곡절과 사연이 녹아 있다고 보아도 큰 무리는 없습니다. 따라서 배천생 설화는 무속 가사인 '시루말'의 의미와 크게 어긋나지 않는 습속의 흐름을 우리에게 알려준다고 할 수 있습니다.

단군왕검: 달리 참고할 만한 서사 기록도 있으니 찾아보게나.

후손: 맞습니다. "단군께서 동남 산천을 두루 보시고, 지리산을 돌아 바닷가를 이어 후토에 제사를 지냈다."라는 내용도 있어 크게 주목되거든요. 이 서사 내용은 『고촌선생문집』과 거의 같지만, 남해에 이르기에 앞서 지리산 지역을 경유한 점을 전해주고 있습니다.

단군왕검: 그 서사에서 나의 남해 순행 경로가 일부 나타나지. 나는 지리산 등 내륙을 거쳐 마침내 바닷가로 이어지게 순행을 하였어.

후손: 어르신이 민생 탐방길에 지리산을 방문했다는 것은 참으로 흥미로운 내용입니다.

나는 광역 경영의 틀을 갖추었노라

후손: 어르신(단군왕검)께서는 남행을 다녀온 뒤 다시 광활한 천하 경영의 틀을 새로이 구상한 것으로 알려져 있더군요. 『대동사강』을 보면 말입니다.

단군왕검: 나는 분봉을 통한 천하 구획(天下區劃)을 단행하였지.

후손: 어르신의 천하 구획은 크게 여덟 가지로 요약되더군요. 첫째는 남 땅(요동 부근)을 치우의 후예에게 봉한

것이었고, 둘째는 숙신 땅(흑수 동남쪽)을 신지에게 봉한 것이었고요. 셋째는 청구 땅(지금의 북쪽 조선)을 고시에게 봉한 것이었고, 넷째는 개마 땅(태백산의 동남쪽에 있음)을 주인에게 봉한 것이었지요.

단군왕검: 나는 다시 예 땅(지금의 흑룡강성과 그 남쪽)을 여수기에게 봉했고, 또 남해를 배천생에게, 여 땅(예 땅의 남쪽)을 부여에게 봉했으며, 진번 땅과 구려 땅을 부소와 부우 두 아들에게 봉함으로써 천하를 구획하였지.

후손: 그 같은 일들이 모두 『대동사강』에 기록되어 오늘날까지 전해지니 놀랍습니다."

단군왕검: 그런데 내가 천하 구획의 분봉을 이루고서 곧 남이의 환란이 터졌으니 몹시 괴로운 일이 이어진 셈이지.

후손: 어르신이 천하 구획의 분봉을 이룬 뒤에 남이의

환란이 일어났으니 혹시 앞서 일어난 분봉과 관련한 반감이 반영된 사건일 수 있다고 짐작하게 됩니다.

단군왕검: 사람의 일이란 늘 시기와 질투로 빚어질 수 있는 법. 그렇게 추론한다 해서 이상할 것은 없겠지.

후손: 어떻든 남이의 환란이 일어나기 전에 있던 분봉을 살펴보면 어르신(단군왕검)의 아드님들이 대거 분봉의 대상자가 되었던 점을 큰 특징으로 꼽을 수 있겠더군요.

단군왕검: 당시의 분봉 조치는 나 단군왕검의 혈육을 지역 토호로 공식적으로 인정한 측면이 있다는 것을 어찌 부정하겠는가. 하지만 치우와 신지 그리고 고시와 주인 및 여수기와 배천생은 나 단군왕검의 혈육이라고 보기 어려운 인물들이야. 따라서 당시의 분봉자들이 모두 나 단군왕검의 혈육만은 아니라는 점도 유의해야 하네.

후손: 여기서 이미 어르신(단군왕검)의 치세 초기에 아들들을 내치 체계의 분담자로서 행정 실무를 경험케 한 것이 비교됩니다. 어르신께서 아들들에게 각기 행정 경험을 쌓게 함으로써 이제 다시 각 지역의 실무행정을 장악하는 지역 토호로서의 역할을 할 수 있게 하고자 한 것으로 여겨지는군요. 어르신께서는 어째서 어르신의 아들들을 중심으로 내치의 경험을 얻게 하고 다시 지역 행정을 맡도록 분봉시킨 것인지요? 다른 인물들을 믿지 못해서였는지요?

단군왕검: 내가 나 자신(단군왕검)를 포함하여 선조인 환인으로부터 비롯된 동방 정치집단의 적통 세력이란 자긍심을 강렬하게 느끼고 있었다면 지나친 것일까? 어떻든 나의 아들들을 행정 실무의 주축으로 성장시킨 것은 사실이지. 또한 아들들을 가장 믿을 수 있었기에 중앙과 지역을 잇는 광역 통치 영역에 나의 아들들을 배치한 것을 이해하시게나.

5. 남이의 환란을 다스리고 거대 건축물을 세운 임금, 단군왕검

남이가 난을 일으키자 아들 부여를 내세웠노라

후손: 『대동사강』은 어르신(단군왕검)께서는 광역 경영의 틀을 갖추고자 대대적인 인사조치를 하였고, 이내 남이의 환란이 일어났다는 것을 전하고 있습니다. 앞서 거론한 대로 남이의 환란은 어르신(단군왕검)이 펼친 대대적인 인사조치의 부작용일 수도 있다고 추론할 수 있게 하지요. 그런데 『청학집(青鶴集)』에도 "단씨(檀氏)의 세상에는 남이(南夷)의 환란이 있었다."라는 내용이 확인되고 있습니다. 단씨란 어르신을 비롯한 여러 단군의 통치

기간을 통칭한 것으로 여겨지는데요. 결국 어르신(단군왕검)을 비롯한 여러 단군(檀君) 대(代)에 걸쳐 이른바 남이(南夷) 세력이 환란을 초래했다고 보면 되는지요?

단군왕검: 세상사 중에서 뜻대로 되는 일이 그리 많질 않잖는가. 나의 치세에 남이의 환란이 꽤 골치를 썩였어.

후손: 남이의 환란이 남쪽 세력에 의한 내란이라면 언뜻 어르신(단군왕검)이 남해를 순행하다가 얻게 된 인재인 배천생과의 연관성을 의심할 여지를 느끼게 됩니다. 그러나 배천생은 어르신(단군왕검)의 치세에 남해장의 직역을 배정받았지요. 정치적으로 성장한 인물인 셈입니다. 그것은 오늘날 학술적인 분쟁에 휘말려 있는 『규원사화』에서도 확인되는 내용이지요. 그렇다면 남이의 실체가 어떤 세력인지가 궁금합니다. 도대체 누구였습니까?

단군왕검: 가물가물하이. 글쎄, 지독한 환란을 잠재우려고 정신없이 힘쓰던 때라.

후손: 알겠습니다. 남이가 불특정한 반란 세력일 수도 있었다는 점을 짐작하게 됩니다. 그런데 남이가 어떤 세력인지를 살피기가 쉽지는 않으나, 근대의 우국지사이면서 역사 연구가였던 계봉우의 견해가 독특하더군요. 어르신(단군왕검)이 세 아들을 시켜 쌓게 한 삼랑성의 방어 대상이 남방의 진인이었다고 주장한 적이 있기 때문이지요. 삼랑성이 다름 아닌 남방 진인의 군사적 행동에 대비한 건축물이었다면 실제적인 환란의 주체일 수 있는 남이는 바로 진인일 수 있다는 추론을 하게 됩니다. 그런데 문제는 진인이 과연 어르신(단군왕검)의 치세부터 존재했을까 하는 점이지요. 그러한 의문이 해소되기 전에는 남이의 실체가 진인이었다는 주장이 설득력을 얻기가 어려울 것 같군요.

단군왕검: 어떻든 남이의 환란은 나(단군왕검)의 치세에 분명한 골칫거리였음은 분명해.

후손: 『대동사강』에서는 어르신(단군왕검)의 아들 가운

데 부여가 나서 남이의 환란을 제압한 것으로 기록되어 있습니다. 그런데 다시 『감시만어』에서는 부여가 예속(禮俗)과 후속(厚俗)을 관장하였음을 거론하고 있기도 하지요. 후속이란 풍속을 도탑게 한다는 뜻입니다. 달리 말하면 일반 백성들의 습속을 건전하고도 교양 있게 이끌었다는 뜻이 되지요.

단군왕검: 나의 네 아들 가운데 부여는 참으로 문무 양면을 겸비했지. 조선 중기에 조여적이 남긴 『청학집』을 보게나.

후손: 알고 있습니다. 『청학집』에서는 알유가 변란을 일으켰을 때 부여왕자가 나라 안팎의 군사를 모아 평정한 위대함을 엿볼 수 있지요. 그만큼 군사 지휘에 능숙했다고 추론할 수 있습니다.

단군왕검: 나의 아들 가운데 특히 부여는 예속에 밝으면서도 민간 습속의 건전화를 이끌고 더불어 군사 지휘

오늘날까지 존재하는 강화도 삼랑성(단군왕검의 세 아들이 쌓았기에 그 이름이 '삼랑성'이다.)

력이 돋보였던, 문무를 겸비한 인재였음이 두고두고 기특할 뿐일세.

성곽과 제천단을 세웠노라

후손: 부여왕자가 군사들을 능숙하게 지휘한 결과 남이의 환란이 제압되고 대규모의 건축 사업이 펼쳐진 점이 『

대동사강』에서 확인됩니다.

단군왕검: 나는 남이의 환란을 겪으면서 군사 방어 거점의 확보에 절실함을 느꼈지. 하여 세 아들에게 성곽인 삼랑성과 거대 제천단인 참성단을 함께 쌓도록 했어.

후손: 그런데 여기서 살펴보아야 할 점은 두 거대 건축물의 축조 시점입니다. 이전에도 제의 행사가 치러졌는데 어째서 그 무렵에 대규모의 제천단이 쌓인 것인가 하는 것이죠. 또 성곽 축조의 책임자를 꼭 세 아드님으로 정하셨던 이유가 있었는지요?

단군왕검: 성곽의 축조는 아무래도 남이의 환란을 겪은 탓으로 남방 경비의 중요 거점이 필요했다는 군사적 의도에 따른 결과로 이해하게나.

후손: 그런데 방어시설을 다름 아닌 어르신(단군왕검)의 세 아들이 축조한 점은 당시 축성 사업의 성격이 결국

은 왕실의 방어라는 것을 알 수 있게 합니다. 제 의견에 문제가 있는지요.

단군왕검: 그렇게 생각하는 것이 결코 무리는 아니지. 아무래도 왕실 중심의 건축 사업은 왕실과 직결된 것이라 해도 틀리지 않지.

후손: 축성의 주체가 일반 세력가가 아닌 왕실의 세 왕자인 점은 한편으로 당시의 주요 기술을 지닌 인물들이 역시 왕실에 집중되었을 거라는 개연성을 느끼게 합니다.

단군왕검: 그 의견도 틀린 건 아니야. 사실상 주요 기술을 나를 비롯한 상고조선의 왕실 인사들이 모두 파악하고 관리하였다고 보아도 무리는 없을 게야.

후손: 뿐만 아니라 이미 앞서 벌어졌던 남이의 환란도 왕실에 적대적이었던 남방 세력의 반발로 여겨집니다. 따라서 성곽의 이름이 오늘날까지 삼랑성이라고 전해지

는 또 다른 이유가 어렴풋이 짐작되지요. 그러므로 그 성곽은 어르신(단군왕검)의 세 아들 세력을 지키기 위한 방어시설이었을 거라는 개연성도 느껴진다는 말이지요.

단군왕검: 삼랑성과 함께 제천단인 참성단이 축조되었지. 삼랑성의 축조는 힘겨운 군사적 토목공사였어. 엄청난 인력과 물적 자원이 투입되었지. 그런데 거의 같은 무렵에 대규모의 제의시설도 함께 쌓았단 말이야. 그러니 당시 작업에 나선 일반 백성들이 느꼈을 고통과 피로감이 오죽했겠어. 정말 고생이 많았어.

후손: 그런데 『대동사강』을 비롯한 상고조선과 관련한 그 어떤 문헌에도 당시에 병행된 대규모 토목공사로 인한 백성들의 반발이나 군사적 반란은 기록되어 있지 않더군요.

단군왕검: 매우 중요한 점일세. 그것은 당시에 진행된 두 개의 토목공사가 나름 정당했다고 여길 수 있는 근거

일 수 있겠지?

후손: 거꾸로 풀이하자면 그 어떤 반발과 저항도 할 수 없이 어르신(단군왕검)의 왕실 세력이 막강하게 성장했음을 방증하는 것일 수도 있겠지요.

단군왕검: 어떻든 나의 치세에 삼랑성과 함께 제천단인 참성단이 조성된 점은 자랑거리이지. 나라와 겨레를 지키는 데에 그치지 않고 문화 현창을 함께 이룩하려던 모두의 마음이 유적으로 남겨진 셈이거든.

후손: 오늘날까지 전해지는 참성단 인근의 중수비를 보면 "단군께서 당요와 같은 시대에 나시어 실로 우리 동방 생민의 조상이 되시어 제단을 베풀고 그 언덕을 둥글게 하여 하늘에 제사하시던 곳"임을 밝히고 있어 참고할 수 있습니다.

제천단의 지형적 의미와 시설의 구조상 특성

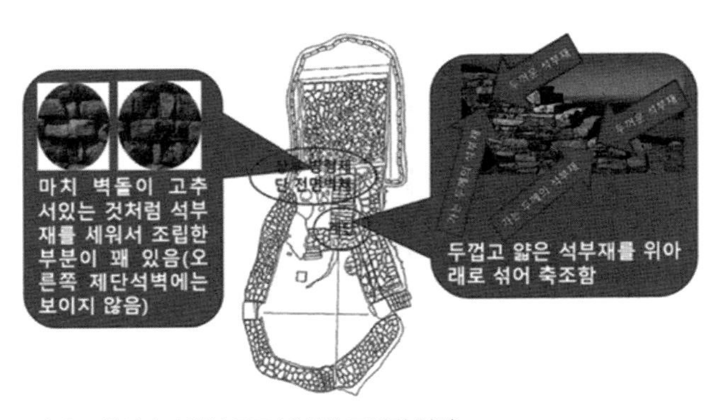

강화도 참성단의 벽석 구조(박선식 그래픽 처리)

후손: 오늘날까지 존재하는 참성단이 있는 마니산! 바닷바람이 몰아치는 곳으로 예전에는 사방이 물로 에워싸진 일종의 섬이었다고 하네요. 그 같은 지리적 특성 때문에 막상 산 정상의 참성단으로 오르면 더욱 가파른 지형상 특징을 절실하게 느끼게 됩니다. 그래서 어째서 제천단을 그토록 가파른 곳에 쌓았을까 하는 의문을 느끼게 됩니다.

단군왕검: 그처럼 의문을 느끼는 건 당연하지. 근대에

김교헌이 지은 『신단민사』란 책을 참조하게나. 그에 관한 김교헌의 의견이 실마리가 될 걸세.

후손: 읽긴 했습니다. 그에 따르면 참성단이 설치된 곳에 관해, "하늘은 음기운을 좋아하고 땅은 양기운을 귀하게 여기니 돌 턱(壇)을 수중산(水中山)에 설치한 것이다."라고 밝히고 있더군요.

단군왕검: 바로 그것이지. 우리 한민족은 예로부터 자연의 어울림 곧 조화를 소중하게 여겼거든. 그래서 음기운과 양기운이 어울린 땅에 거룩한 곳을 만들었던 것이지.

후손: 그냥 명승지라서 하늘에 제사를 드리는 곳으로 고른 게 아님을 알게 하네요.

단군왕검: 다시 말하지만 하늘과 땅이 제각기 음기운과 양기운을 거꾸로 좋아한다는 이치에 맞추어 제천단을 조

성한 것이라네.

후손: 참성단의 평면구조를 보면 바람이 몰아닥치는 서쪽으로 내민 벽이 더욱 둥글게 두드러졌고, 가장 높은 제단은 네모난 방단이며 아래는 대체로 타원에 가까운 둥근 벽의 형상임을 알 수 있습니다. 좀 더 구체적으로 살펴본

祭天의 壇側

檀君께서 築하신 祭天壇이 尙今 江華摩尼山頂에 存在하니 一名은 塹城壇이라 그 壇의 高가 十七尺인데 石으로써 築하여 上은 方하고 下는 圓하니 上의 四方은 各 六尺六寸이오 下는 各 十五尺으로 圓하였으며 歷代以來로 祭天을 因襲하여 行하니 壇을 守護하는데 戒이 云하되 摩尼山은 江海의 假라 地가 孤絶하며 潔淨하고 靚深하여 神明의 宅이라 故로 時壘立하고 上帝에 祭함이오 또 天은 好陰하고 地는 貴陽함으로 壇을 水中山에 設함이라하더라。

『신단민사』에 보이는 강화 참성단 서술 부분

결과 지금까지 전해져 오는 참성단이 아닌 그 전의 참성단 평면도를 보면 바닷가 쪽의 외벽이 확연히 둥글다는 것을 알 수 있습니다.

단군왕검: 그렇게 드러나는 평면상의 편중성은 무척 중요한 이치를 반영한 것이지.

후손: 언뜻 가시적으로 편중성보다는 대칭성을 앞서 고려하였을 것만 같은데.

단군왕검: 생각해보게. 해풍이 거칠게 몰아치는 지역인데, 겉만 보기 좋게 대칭성만을 고집할 수 있겠는가.

후손: 알겠습니다. 균형감이 느껴지는 대칭성보다는 해풍에 잘 견딜 수 있는 기술공학적 안전성을 우선시하여 축조된 결과로 여겨지네요. 그런데 그러한 실용주의적 관점이 어떤 과정을 거쳐 정착된 것인지 궁금하군요.

단군왕검: 『음양진결』이란 문헌을 보시게나.

후손: 『음양진결』이란 문헌에 "단군이 태을손득기지수를 비로소 성립하였다."라고 기록된 것을 알고 있습니다.

단군왕검: 그 『음양진결』의 내용처럼 나(단군왕검)는 온 누리의 적절한 이치를 온통 수(數)로 헤아리고자 하였지.

후손: 『음양진결』이란 문헌이 믿을 수만 있다면, 어르신(단군왕검)은 일종의 자연과학자이시기도 했습니다. 그래서 상당히 현실적이고 실질적인 분석 능력을 바탕으로 참성단이란 제의시설을 지었을 것으로 이해되네요.

단군왕검: 참성단의 외벽이 비대칭적인 평면구조를 갖춘 것은 내가 실용주의적 관점을 중시한 점이 반영된 것일 수도 있다네.

후손: 더욱이 어르신(단군왕검)이 우의 요청에 태자인 부루를 보내서 공식적으로는 '오행치수의 치수법'을 전하게 하였지요. 또 다른 아들인 부근세자에게는 별도의 임무를 수행케 한 점 등도 곱씹게 됩니다.

단군왕검: 나는 융통성을 바탕으로 공동체를 사안에 따라 매우 유연하고도 능란하게 운영하려고 했지.

후손: 어르신은 그야말로 능소능대(能小能大)의 경영자이시기도 했습니다.

단군왕검: 내가 제천단을 쌓게 한 데는 또 다른 마음이 있었지. 그것은 고재형이란 문사가 지은『화남집(華南集)』이란 자료에도 적혀 있더구먼.

후손: 알고 있습니다.『화남집』에 따르면 어르신(단군왕검) 당시에 제단을 쌓으면서 드러난 기본적 건축 사상이 바로 보본의 정신이었다는 것 말입니다.

단군왕검: 그러한 참성단의 의미는 『감시만어』에서도 비슷한 내용으로 밝히고 있지.

후손: 그 기록도 알고 있습니다. 곧 "마니산(마리산·마니산)에 돌턱(石壇)을 쌓아서 하늘에 제사를 지내고 근본됨에 보답하는 뜻을 베풀었다."라는 내용이지요.

제천단의 하부 타원 형상에 관한 특별한 검토

후손: 그런데 참성단의 하부는 타원 형상을 이루고 있

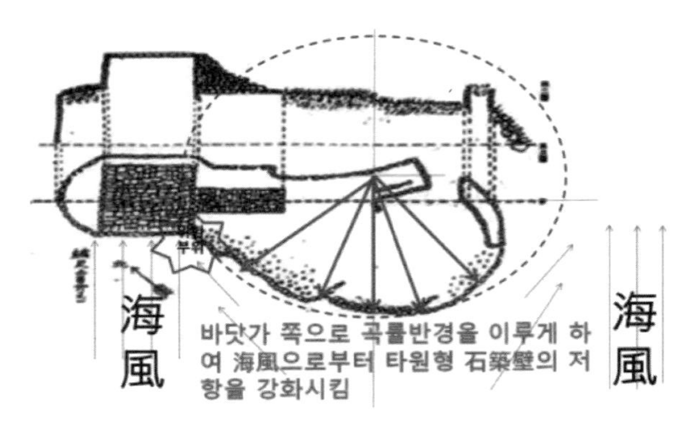

참성단 평면도에서 확인되는 비대칭적 외벽 양상
(해풍 방향으로 둥근 정도가 뚜렷함)

습니다. 그러한 모습은 사실상 언뜻 여성의 자궁을 연상시키고 있지요. 그러한 형상을 두고 조선 말기의 고재형이 『화남집』에서 거론한 단군의 감생과 그 보본의 심리와 같은 맥락성을 견주게 됩니다.

단군왕검: 이미 잘 알고 있는 『삼국유사』의 내용도 참고하게나.

후손: 맞습니다. 『삼국유사』의 내용처럼 환웅의 제의에 어두운 굴 속에서 인내심으로 감내의 과정을 거친 웅녀는 다시 신단에서 아기 갖기를 빌었음(呪願)이 확인되지요. 그러한 웅녀의 빌기(呪願) 행위는 조선 말기의 고재형이 거론한 감생(感生)의 과정과 자연스럽게 연관됩니다. 뿐만 아니라 감생의 당사자로 태어난 단군왕검은 아버지인 환웅과 어머니인 웅녀에게 지극한 고마움을 느꼈겠죠.

단궁왕검: 나는 남방의 남이와 같은 환란 세력이 출몰하자 엄청나게 힘겨워했지. 비록 아들인 부여를 통해 진

압했지만. 그래서 환란 세력을 억제할뿐더러 신성한 왕실과 연계되는 거룩한 보본의식을 석축구조물에 형상화하고자 노력했지. 그러한 과정에서 제천단의 아래를 생명을 품는 신성 부위인 어머님의 자궁으로 표현하였다고 이해하게나.

후손: 강화의 마니산 마루에 조성된 참성단이 지닌 성격은 신이성의 부각이라고도 할 수 있겠군요. 어르신(단군왕검)의 모친을 향한 거룩한 보본의식이 담겨 있으니 말입니다.

단군왕검: 아주 독특한 것 하나 일러주겠네.

후손: 어떤!

단군왕검: 강화도에 고인돌이 그토록 많은데 제천단인 참성단의 주변에는 고인돌이 한 기도 없다는 것을 아는가?

후손: 와! 생각해보니 정말 참성단 주변에는 고인돌이 단 한 기도 없군요. 무슨 특별한 까닭이 있는지요?

단군왕검: 상식적으로 한 번 헤아려보게나.

후손: 오라! 고인돌이 일종의 조상 추모의 시설인데 참성단은 그보다 더한 상고조선 전체의 시원에 관한 시설이니 다른 고인돌이 주변이 있어서는 절대 안 되었군요!

단군왕검: 상식적으로 그런 추론이 무척 자연스럽겠지?

후손: 그러고 보니 정말 마니산 일대의 산자락에 그 어떤 고인돌 유적도 확인되지 않는군요. 강화 지역에서 고려산이나 부근리에는 분명히 고인돌 떼가 존재하는데 마니산 일대에는 한 개의 고인돌도 존재하지 않으니.

단군왕검: 내가 소중히 여긴 보본의식이 참성단에 그토

록 강렬하게 깃들어 있다고 여기면 되네.

후손: 어르신(단군왕검)을 중심으로 하는 상고조선의 왕실이 지닌 신성성, 거기에 강렬한 보본의식! 그래서 참성단이 존재하는 마니산 일대에는 그 어떤 조상 숭배 구역도 허용치 않았던 것이었군요.

단군왕검: 마니산의 참성단이 지닌 의미는 그것뿐만이 아니야. 저 멀리 요서의 홍산 지역 단묘총 구역과 같이 차별적이고 배타적인 신성 구역이라고 보아도 좋네.

후손: 그렇군요. 신이성과 보본의식의 극대화를 지향한 결과일 수 있겠네요. 마니산의 참성단은 또한 홍산 지역에서와 같이 대규모의 석축 조영 사업의 기획과 집행을 통해 상고조선 왕실의 정치문화적 강대함을 부각하고 남방의 정치 집단을 제압하려던 군사적 기획의 소산이라고도 이해됩니다.

6. 대홍수와 거대 반란을 잠재운 임금, 단군왕검

나는 대홍수를 이겨내고 모두 하나가 되는 공공사회를 일구었노라

후손: 『청학집』을 보면 어르신(단군왕검)의 치세에 엄청난 물난리를 겪었던 것을 알 수 있습니다.

단군왕검: 그 무렵에 우리 상고 조선과 이웃한 당요의 땅에도 9년간의 물난리가 몰아닥쳤지.

후손: 맞습니다. 엄청난 수해가 온 천지를 뒤흔들었지

요. 그래서 『청학집』에는 취굴자란 인물이 "단군께서는 어째서 당장리로 옮겼습니까?"라고 물었다는 내용이 기록되어 있지요.

단군왕검: 내가 도읍을 장당경으로 옮긴 것은 물난리 때문이었어.

후손: 흥미로운 점은 어르신(단군왕검)의 왕실이 도읍을 장당경으로 옮긴 시기를 두고 기자의 출현 시기와 연관된 것처럼 표현한 『삼국유사』의 내용이 혼란을 느끼게 한다는 것이지요.

단군왕검: 『청학집』의 기록을 찬찬히 살펴보게나.

후손: 『청학집』에 따르면 이미 어르신(단군왕검)의 치세에 엄청난 홍수 때문에 도읍을 옮긴 것으로 밝혀져 있지요.

단군왕검: 『청학집』에 밝혀진 내용 그대로일세. 곧 "요

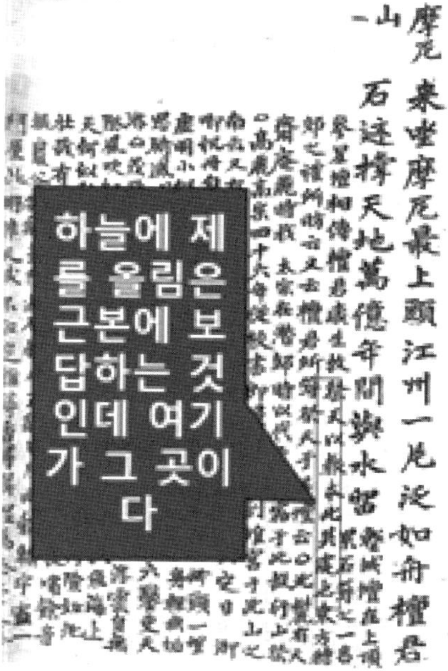

『화남집』에 수록된 참성단에 관한 내용

임금 치세에 9년간 장마를 겪었는데 대우 씨(大禹氏)가 8년에 걸쳐 물을 다스렸다. 하지만 홍수는 크게 차올라 등주와 래주 땅의 바다와 패수가 넘쳤다. 평양 땅이 물에 잠겨버려 네 왕자가 산등성이에 올라 지형을 살폈는데, 마땅하다고 여겨 당장리를 도읍으로 정하였다."라는 내용이지.

후손: 『청학집』의 내용을 바탕으로 다시 요약하자면 어르신(단군왕검)의 치세에 엄청난 물난리가 나자, 어르신은 네 아들에게 명하여 도읍을 옮길 만한 곳을 찾게 했던 것이죠. 마침내 당장리 땅이 적절한 것을 알고서 옮겼다는 말로 요약되는군요.

단군왕검: 근대의 우국지사였던 이기가 남긴 『증주진교 태백경』의 기록도 견주어 살피게나.

후손: 예. 그는 고려 말의 이름난 관료였던 행촌 이암이 동방군자국의 도읍지였던 당장경(唐藏京)을 거론하였다는 사실을 소개했지요. 곧 "당장경은 서쪽 지역을 차지하였고 문화가 크게 펼쳐졌으며 온 나라가 그에 귀의하였다."라는 내용이 그러합니다.

단군왕검: 행촌의 후손인 해학 이기는 그 기록에 "당장

경은 또 구지사라고 일컬었다. 내가 땅의 뜻을 살펴보니 당장경은 단군이 도읍을 섭렵하는 땅이다. 이와 더불어 대개 단군 이후 자손이 앓아눕고 미미하여 당장경은 스승의 법도로써 백성을 가르치고 세상의 도를 유지했다." 라고 주석하였지.

후손: 『증주진교태백경』의 기록은 중요한 의미를 지닙니다. 『청학집』에 근거한다면, 분명히 엄청난 물난리 때문에 도읍을 옮긴 거지요. 그런데 새로 옮긴 그 땅(당장리, 곧 당장경)은 '구지사(九地師)'라고 불렸고, 문화가 크게 펼쳐졌으며 온 나라가 귀의한 땅이었다는 것이죠. 상당한 의미가 부여된 곳인 셈입니다.

단군왕검: 구지사는 『증주진교태백경』의 '하편' 부분에서 다시 거론된다네. 더 보완된 문장으로 설명하고 있지.

후손: 맞습니다. 해학 이기는 자신의 선조인 행촌 이암의 글에 "살펴보니 구지사는 당장경이 구지법(九地法)을

얻었던 까닭에 그렇게 불렀다. 해서의 아사달산이 그 거소였는데 지금의 구월산이다. 대개 구지(九地)는 방언으로써 전환되어 아사달이 되었다. 아사달은 또한 한문으로 번역되어 구월이 되었다."라고 주석하였지요.

단군왕검: 그런 기록의 속뜻을 알겠는가?

후손: 해학 이기가 주석한 내용은 솔직히 처음 접할 때 도대체 무슨 뜻인지 전혀 알수가 없습니다.

단군왕검: 그 기록의 속뜻을 알기란 쉽지 않지. 그래서 찬찬히 푸는 태도가 필요해.

후손: 가르쳐주십시오.

단군왕검: 구지라고 하는 독특한 땅 이름은 구지법을 얻었기 때문이라 했으니, 구지사 곧 당장리라는 땅은 구지의 법칙이 적용된 땅이라는 뜻이 되지. 그렇다면 또 구

지란 무엇인가. 구지는 또 아사달이라고 했어. 다시 말해 아사=구(九)이고, 달=지(地)인 것을 금방 알 수 있지. 따라서 구지사는 아홉 개의 땅과 연관되는데 그 땅에는 구지의 법인 구지법이 적용되었다는 말이지. 구지사의 끝에 붙은 사(師)는 우리말 '사이' 또는 '새'라는 의미로 이해될 수 있다네.

후손: 여기서 참으로 궁금한 것이 구지법입니다. 도대체 그 뜻이 쉽게 이해되지 않거든요.

단군왕검: 아사=구(九)이고, 달=지(地)라는 나누어진 뜻풀이를 바탕으로 한다면 그것의 속뜻을 알 수 있다네. 구지법이란 땅을 아홉으로 나누는 법인 셈이지. 이는 놀랍게도 전체의 땅을 모두 아홉으로 나누고 가운데 있는 곳에서 거두는 생산물을 공적으로 나누어 쓰게 한다는 정전제(井田制)의 원리를 고스란히 반영한 것임을 알 수 있지.

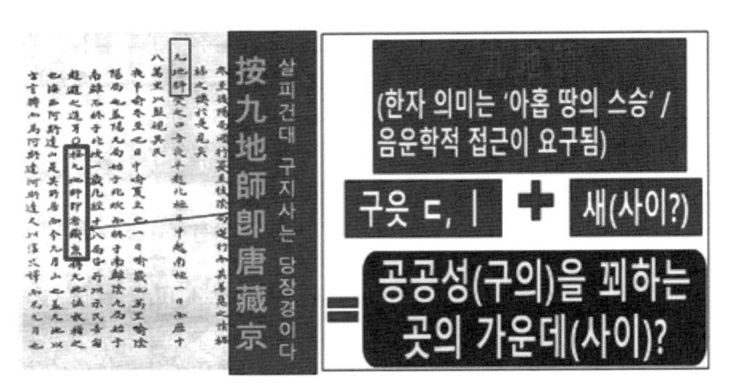

『증주진교태백경』 속의 구지사에 담긴 의미

후손: 오라! 정(井)이라는 문자 그 자체가 모두 아홉 개로 나뉜 땅을 나타내고 있다는 것을 알 수 있게 되네요. 그러한 풀이의 결과로 동아시아의 오래된 이상사회 경영론의 하나였던 정전제가 다른 곳이 아닌 상고 조선의 당장경에서 시행되었다는 놀라운 점을 깨닫게 됩니다.

단군왕검: 우리말 가운데 공공(公共)을 뜻하는 말이 바로 '귀' 또는 '구의'일세. 그러한 음운학적 사실로 견주어보면 구지란 '구읏(공공의) 데(땅, 곳)'가 되는데 이는 공적인 공간이거나 공공의 지역이란 뜻이 되지.

후손: 그렇다면 공공의 복락을 염원하고 베풀어지는 거룩한 짓마당(행위예술의 연회장)이 바로 굿터이고 거룩하게 베풀어지는 공공 행위가 바로 구의(공공)의 노릇(행동)이며 이를 한마디로 표현하면 바로 '굿'이라는 거룩한 행사가 된다는 논리로 이어지겠군요.

단군왕검: 쉽게 알아들으니 기쁘구먼.

후손: 결국 슬기를 모아 엄청난 물난리를 이겨낸 뒤, 모두가 하나가 될 수 있는 공공성 지향의 이상사회를 이룩하였던 셈이군요.

단군왕검: '구지'와 '구지법' 그리고 '구지사'라는 거룩한 어휘는 그것을 충분히 일러주고 있지.

구지사의 땅에서 아시새(阿市鳥)가 날았을까?

후손: 『청학집』과 『증주진교태백경』을 통해 새로 옮겨

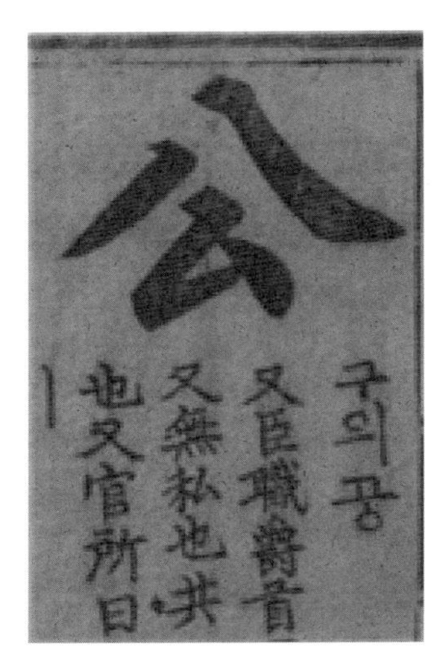
公
구의 공
又臣職爵首
又無私也共
也又官所曰

훈몽자회 속의 '구의 公'

진 도읍인 구지사(당장경)는 아홉(구) 땅(地)의 사이에 있었으니 우물 정(井) 자의 가운데(사이)로 가장 공공(구의)의 뜻이 담긴 핵심 지역이었음을 알았습니다.

단군왕검: 거룩함을 소중하게 여기던 우리 겨레의 마음이 담긴 게지.

후손: 여기서 조선조의 실학자였던 이익이 자신의 저작인 『성호사설』에서 밝힌 아주 흥미로운 내용을 소개하고자 합니다. 이익은 "봉황을 우리나라의 민속에서는 '아시새'라 한다."라고 하였지요. 그 같은 설명은 매우 소중한 실마리를 제공합니다. 우리가 고민해 본 구지사가 곧 아사달(九地)을 뜻하기 때문이지요. 정확한 근거는 아직 밝히지를 못하겠으나, 아시새는 혹여 상고 조선인들이 아사달 땅의 거룩하고 영광된 분위기에 따라 현실에서 볼 수 있는 어떤 새보다 아름답게 상상하고 창작하여 만든 새가 아닐까 하는 생각이 듭니다.

단군왕검: 상상력이 헛된 것일 수만 없지. 일리 있는 상상이라 여기네.

후손: 아사달 땅을 아구(阿丘)라고 부르면서 단군님을 맞아 크게 벌인 상고조선 사람들의 이바지 모습을 한 편의 서사시로 표현한 김시습의 시를 읽고 있노라면 어디서 신이하고 아름다운 봉황새 곧 아시새가 아사달의 언덕 위

아시새(봉황의 우리말, 阿市鳥로도 표현됨)

를 나긋나긋하게 날아다니는 환상을 느끼게 됩니다.

단군왕검: 김시습이 나(단군왕검)의 치세에 벌어졌을 커다란 이바지(대연회)를 마음속에서 그려보며 지은 시는 참으로 멋지고도 아름다운 서사 작품일세.

후손: 제가 김시습의 그 시구를 한 번 외워 보겠습니다.

단군님 오셨으니 아구(아사달) 땅이런가/檀君來兮阿丘

구실아치들이며 아낙들 달려가 끌채를 보듬누나/臣妾走兮挾輈

거룩함이 이어져 뒤섞이나니 오고 즐김이여/靈續紛兮來遊

참으로 삼가 갖춤(揖讓)에 무던하고 무던하도다/蹇揖讓兮僂僂

맑은 술은 거룩한 술독(犧尊)으로 다루고/明酒兮犧尊

기장은 찌고 돼지는 갈라 두었구려/燔黍兮捭豚

질장고와 북 두들기고 둥근 갈대피리 부나니/擊缶鼓兮吹卷蘆

올리는 이바지 먹을 게 푸성귀라도 마음은 기쁘고 기쁘다오/尊羞菲兮心愉愉

높은 구실아치의 꼭두 아이(尸童)도 기뻐 얼굴엔 젖은 결(취기) 올랐고/公尸喜兮顔酡

잇달아 춤추니 더덩실 더덩실!/羌屢舞兮傞傞

거룩하게 좋은 가멸됨(복)은 내리나니, 볏짚가루 볏짚가루

처럼/靈降福兮穰穰

참으로 즐거움에 기뻐하나니 끝이 없구려/蹇歡樂兮無疆

'알유'라고 하는 거악(巨惡) 세력이 있었다

나 단군왕검의 치세에 알유는 동방 사회의 골칫거리였다

후손: 중국의 불교 분야 역사서로 『석씨계고략(釋氏稽古略)』이 있습니다. 이 책과 조선조의 선가(仙家) 기록인 『청학집』을 보면 공통된 사건이 기록되어 있음을 알게 됩니다. 두 책에 요(堯)임금이 다스리던 때와 단군왕검(檀君王儉)이 다스리던 때에 모두 알유가 출현했었다는 내용이 있습니다. 따라서 그에 대응한 기록이 확인되어 흥미를 자극합니다.

단군왕검: 그렇지. 『석씨계고략』에는 요임금이 "부역을 크게 줄였는데, 그때 대풍과 괄유(알유), 봉희와 수사가

모두 백성에게 해로운 존재가 되었다. 요임금은 곧 예를 시켜 대풍을 청구(靑丘)의 못에서 얽어매었고 괄유(알유)를 죽였으며, 동정에서 수사를 잘라내었고, 상림에서 봉희를 잡았다. 백성은 기뻐했으나, 홍수가 재앙이 되었다."라고 기록되어 있지. 이 문장의 괄유는 곧 알유로 보면 돼.

후손:『석씨계고략』을 보면 요의 치세에 사회적 거악 세력인 괄유(알유)를 죽인 장소가 청구(靑丘)로 적시된 점을 알게 됩니다. 이 부분을 이해하려면 부득이 조선조의 지광한(池光翰)이 남긴 상고 관련 자료로 알려진『홍사환은(鴻史桓殷)』의 일부 내용을 참고해야 할 것 같습니다.

단군왕검: 그렇지.『홍사환은』에서는 놀랍게도 오늘날 한민족의 오래된 선조가 염제신농이라고 했다네. 환웅의 시기에 황제헌원 계열의 후예인 요의 군대가 자주 환웅의 강역을 침범했다는 내용이 보여 흥미롭지.

후손: 학계에서는 아직『홍사환은』을 엄밀하게 비판하

지 않았기에 인용하기가 부담스럽긴 합니다.

단군왕검: 어떻든 중국의 『석씨계고략』이란 불교 사서에서, 청구 땅에서 알유를 죽인 마땅한 이유를 찾는데 현재로서는 어쩔 수 없이 『홍사환은』의 해당 부분을 잠시 참고해야 하네.

후손: 환웅이 다스리던 청구의 땅 일부를 침공한 요의 세력이 청구 땅에 있던 알유를 죽였다는 전후관계를 추론하게 됩니다. 구체적으로 살펴보면, 『홍사환은』의 기록자는 이런 내용을 전하고 있다. "무신 60년에 요의 군사가 경계를 넘어 침입하여 임금이 신단현으로 피하여 나가 병사를 모집하여 항전했다." "경신 72년에 요의 군사가 침입하여 오니 장군 찰관능원을 보내어 항전했다."

단군왕검: 그런데 『홍사환은』의 기록자는 나 홍성제(단군왕검) 재위 시절에 일어난 환란에 대해 이렇게 전하고 있네. "무신 41년에 엄유(玁貐, 발음이 엄유 또는 험유로 이중적임)가 난을 일으키니 자못 기세가 사나웠다. 부여

에 명하여 안과 밖의 병사를 모으고 숙신은 활과 화살을 대고 옥저는 도끼와 창을 내어 토벌하고 이를 평정하였다."

후손: 그 기록 부분에서 거론되는 엄유가 보통 표현되는 알유와 같은지는 분명치 않습니다. 하지만 전후 문맥의 내용은 조선 중기의 조여적이 남긴 『청학집』의 기록에 보이는 알유의 내용과 거의 비슷하다는 것을 알 수 있습니다.

단군왕검: 내가 다스리던 시기에 "구이(九夷) 중에 알유(猰貐)가 난을 일으켜서 부여(왕자)가 안과 밖(中外) 각국의 군사를 모아 토벌·평정하였다."라는 기록이 그러하지. 따라서 엄유는 사실상 알유의 또 다른 표현인 게야.

후손: 그런데 『청학집』에는 알유가 구이(九夷)의 한 종족이었다는 점이 적시되어 있어 주목됩니다. 이는 단군왕검의 시기에 단군이 다스리는 상고조선은 알유라는 족

속과 집단적으로 연대하고 있었고 홍수가 그친 때를 전후해서 마침내 갈등을 겪었을 개연성을 강하게 느끼게 하는 대목이지요. 따라서 『홍사환은』과 『청학집』 등의 기록은 어르신(단군왕검)의 시기에 홍수가 있었고, 홍수로 말미암은 혼란함을 틈타 구이(九夷)의 하나로 여겨지는 알유(또는 험유) 세력이 난을 일으켰으며, 그에 따라 부여(왕자)가 왕검조선의 휘하 세력으로 있던 군사들을 동원하여 소탕 작전을 펼쳤다는 것을 알게 합니다.

『대동사강』에 보이는 알유 세력을 소탕한 이야기

후손: 『석씨계고략』과 『청학집』의 기록과는 별도로 『대동사강』에서도 알유 세력을 소탕한 이야기가 확인됩니다. 다만 알유를 궐유라고 달리 표현한 점이 다르죠.

단군왕검: 『대동사강』에서는 "궐유(의심하자면 지금의 몽골이다)가 난을 일으켜 그 세력이 자못 엄청났지만 부여에는 나라 안과 밖의 군사를 모을 것을, 숙신에는 활과

화살을 만들 것을, 옥저에는 도끼와 창을 만들 것을 각각 명하여 결국 평정하였다."라는 내용이 보이지.

후손: 『청학집』의 기록처럼 어르신의 아들 가운데 하나인 부여가 군사를 움직여 알유 세력을 소탕했다는 것을 알게 됩니다. 그런데 『대동사강』에는 알유가 소탕된 뒤에야 어르신(단군왕검)께서 순행하신 것을 소개하고 있지요.

단군왕검: 나는 변란으로 다친 사람들이나 세상을 떠난 사람들의 유가족을 달래고자 순행을 통해 그런 마음을 드러내고자 했지.

후손: 기록에서는 당시 임금이던 어르신(단군왕검)은 서쪽을 순행하여 백성의 안위를 살핀 후 제후를 모아 농사와 잠상을 권장하게 한 것으로 전해지더군요. 또한 서쪽에 이어 다시 북쪽을 순행하면서 제후를 숙신에 모이게 하였고, 농사와 잠상을 권장했다는 내용도 기록되어

있더군요.

단군왕검: 나는 그 무렵에 백성들이 어떻게 먹고 어떻게 사는지 살피는 데 무척 힘썼지. 그래서 백성들의 실태를 알고자 애를 썼고 그와 관련한 실무 분야의 점검과 그에 따른 실생활 안정의 장려 활동을 펼쳤다네.

후손: 이후 어르신(단군왕검)은 소기의 여정을 마치고 도읍지로 돌아오셨죠. 뒤이어 어르신(단군왕검)은 다시 조신과 제후를 모아 천지에 제사를 지냈다고 전해지더군요. 이는 『대동사강』에 실려 있는 내용입니다.

단군왕검: 임금인 나로서는 홍수로 말미암은 어지러운 난세 속에 알유의 환란을 또 겪었으니 백성들의 삶을 보살피는 모습을 당연히 보여야 했던 것일세. 눈물 나는 시련의 연속이었지.

후손: 요약하자면 어르신(단군왕검)의 시절에 남이(南夷)와 알유의 세력이 모두 상고조선의 사회를 긴장시킨

갈등 요인이었다는 것을 알게 됩니다. 그것은 앞서 말한 9년간의 홍수로 인한 사회적 불안을 엿볼 수 있게 하는 『청학집』의 내용을 함께 비교하게 됩니다. 그래서 사건은 남이의 환란 → 홍수의 발생 → 알유의 환란 등의 순으로 전개된 것으로 정리되지요. 어르신(단군왕검)은 그때그때마다 국가 경영에 대한 적극적인 국가 경영 조치를 했고, 자신의 아들들을 위험천만한 전장에 보내 위기를 실질적으로 타개하는 주체로 내세웠음을 알게 됩니다.

단군왕검: 나의 그 고통스러운 과정은 지금도 전해지고 있는 나의 영정에 배어 있다고 할 수 있지. 일부 사람이 비웃고 있지만 나의 영정에 풀잎 묶음이 어깨에 걸쳐 그려져 있는 것이 그 혹독했던 9년에 걸친 홍수 시기에 몸에 걸친 도롱이 같은 우장(雨裝)임을 잘 모르고 있더구먼.

7. 온 겨레에 거룩한 가르침을 준 스승, 단군왕검

나 단군왕검은 큰 길틀(法)과 가르침을 누리에 베풀고자 하였느니

후손: 상고 조선사회에 대혼란을 초래한 알유 세력의 반란이 제압되자, 어르신(단군왕검)은 다시 사방을 순행하셨더군요.

단군왕검: 나는 그 무렵에 신지와 치우 그리고 고시 씨의 사당을 건축하도록 명하였다네.

후손: 깊은 뜻이 있었겠지요?

단군왕검: 시대적 상황이 어렵고 민심이 들떠 있으면 마음의 갈피를 잡아줄 무언가가 필요한 법이야. 나는 위대한 선조들을 더욱 거룩하게 하여 백성들의 신산한 마음을 달래고 바로잡고자 했어.

후손: 그랬군요. 어르신은 또한 평양 땅에 이르러 백성들로 하여금 해와 달 그리고 산과 내의 마을 기도처에 제사를 지내게 한 것으로 전해지더군요.

단군왕검: 그뿐인가. 나는 여러 사람에게 길잡이가 될 만한 가르침을 내리고자 마음을 썼지.

후손: 알겠습니다. 근대에 권상로가 지은『조선종교사』에 소개된 내용이 바로 그것이지요? 그런데『조선종교사』에서 보이는 내용은 김광의 저작인『대동사강』에서도 똑같이 보입니다. 그래서 더욱 분명한 뜻을 알게 됩니다. 제

가 그 전문을 옮겨보았습니다.

묻노니 너희와 무리들아. 오로지 하늘의 길틀이라야 숱한 착함을 부여잡고 숱한 모짊을 없앤다. 성품을 통하게 하여 공을 이루어야 이내 하늘을 뵙게 된다. 하늘의 길틀은 오로지 하나요, 그 나들개(門)은 둘이 아니므로 너희는 성품을 순한 정성으로 하나 된 너희 마음이라야 이내 하늘을 뵙게 된다. 하늘의 법은 오로지 하나라서 사람의 마음도 오로지 같으니 오로지 몸과 마음을 갈무리하여 남에게도 이르게 하라. 남의 마음이 오로지 교화되어 또한 하늘의 길틀에 합치되어 숱한 나라에 쓰이게 되리니 너희 삶은 부모에게서 말미암은 것이요, 부모는 하늘로부터 온 존재이니 오로지 너희 부모를 공경하면 하늘을 공경함이고, 나라에 미치게 되니 이것이 충성됨과 효성됨이다.

너희가 예를 다하는 것이 올바른 도가 된다면, 하늘이 무너지더라도 반드시 벗어날 수 있다. 날아가는 새에게도 짝이 있고 헤진 신발에도 맞댐이 있으니 너희 남녀는 화합으로써 원망치 말고 질투하지 말고 음란치 말라. 너희는 열 손가락을 씹어보라. 아픔에 크고 작음이 없으니 너희는 서로 사랑하고 서로 헐뜯지 말라. 서로 보살피고 서로 죽이지 말라. 집과 나라가 일어나리라. 너희는 소와 말을 보라. 오히려 그 먹이를 나누고 있으니, 너희는 서로 양보하고 서로 빼앗지 말며, 함께 만들고 서로 훔치지 말라. 집과 나라가 은성(殷盛)하리라. 너희는 호랑이를 보라. 억세고 사나워서 아름답지 못하며 곧 무너뜨리니 너희는 흉포하게 행동하지 말라. 흉악한 새는 만물을 죽이니 남을 상하게 말고 늘 너희는 이끌기를 하늘의 법으로 하여 만물을 매우 사랑하라. 너희가 그것에 벗어남이 있다면 오래도록 신령함의 보살핌을 얻지 못할 것이고, 몸과 집은 망가질 것이다. 너희들은 꽃밭에 불길이 뒤엉킨다면, 꽃은 장차 사라질 것이니 신인께서 화를 낼 것이다. 너희는 기울어진 것을 부둥켜 잡고 약한 것을 깔보지 말며, 구제하고 근심하고 낮은 것에 업신여기지 말라. 너희는 비록 두터운 보따리라도 그 향기는 반드시 새어나오는 것이니, 너희는 아름다운 성품을 경건하게 지니도록 하라. 간특함을 품지 말고 악함을 숨기지 말며 재앙의 마음을 지니지 말고, 하늘에 경건함을 다해 숱한 백성에 가까이 하라. 너희는 행복과 복록이 끝없으리니 묻건대 너희와 무리들아. 삼갈지어다.

단군왕검의 가르침은 어떻게 헤아려질 수 있을까

하늘의 길틀과 하나 된 마음을 강하게 말씀하시다

후손: 어르신께서 사람들에게 베푼 가르침은 무척 엄청난 깊이와 울림이 느껴집니다.

단군왕검: "하늘의 길틀이라야 숱한 착함을 부여잡고 숱한 모짊을 없앤다."라고 한 말을 설명해보겠네. 그 말은 사람이 착하게 살려면 우주의 운행 원리인 하늘의 길틀에 바탕을 두어야 한다는 논리인 것이지. 문제는 하늘의 길틀이 구체적으로 무엇인지가 분명하게 풀이하지 않았기에 후손들이 궁금해할 거야. 그러나 "하늘의 길틀은 오로지 하나요, 그 나들개(門)는 둘이 아니므로 너희는 성품을 순한 정성으로 하나가 된 너희 마음이라야 이내 하늘을 뵙게 된다. 하늘의 길틀은 오로지 하나라서 사람의 마음도 오로지 같으니 오로지 몸과 마음을 갈무리하여 남에게도 이르게 하라."라고 뒤이은 말이 어렴풋한 실마리

를 찾을 수 있게 해줄 걸세.

후손: 둘이 아닌 하나로 강조한 점은 복잡하지 않은 순수함을 역설했다는 느낌을 주고 있네요. 순수함은 거짓이 아닌 착함과 통한다는 관점에서 진실한 태도와 삶을 제시했다고도 여겨지고요.

집과 나라에 이어져 하나가 된 논리인 효와 충을 내세우다

단군왕검: 나는 "너희 삶은 부모에게서 말미암은 것이요, 부모는 하늘로부터 온 것이니 오로지 너희 부모를 공경하면 하늘을 공경하는 것이 되고, 나라에 미치게 되니 이것이 충성됨과 효성됨이다."라고 밝혔지. 이는 앞서 말한 하늘의 길틀과 연관된 것인데, 부모를 공경하는 것이 곧 하늘을 공경하는 것이라는 논리가 충분히 입증되었다고 할 수 있다네.

후손: 그리하여 부모를 공경하는 것은 결국 나라에 미쳐 충성됨과 이어진다는 말씀은 효와 충이 하나인 점을 밝힌 것이 되겠군요.

단군왕검: 다시 말해 나(단군왕검)는 효와 충이 개인적으로는 가정에서 비롯되어 종국에는 나라에까지 이어져 하나가 된 마음씀이 된다는 점을 밝힌 것이지.

후손: 처신이나 처세에 관한 가치관이 된다는 점을 밝힌 셈이군요. 어르신의 그 말씀은 이미 상고조선 사회에서 사회 운영에 대한 대방략의 바탕이 효와 충이었다는 것을 알게 합니다.

예(禮)와 윤리 그리고 의리의 소중함을 밝히다

단군왕검: 나는 "너희가 예를 다하는 것이 올바른 도가 된다면, 하늘이 무너지더라도 반드시 벗어날 수 있다."라고 했지. 극악한 위기를 맞아 그의 해소가 가능한 것은 놀

랍게도 지혜보다 예가 앞서야 한다는 논리인 셈이야.

후손: 언뜻 비상식적인 말로도 여겨지는 대목입니다. 그러나 그 말씀을 곱씹어보면 위기는 가정과 사회 그리고 나라와 온 누리에 예가 무너질 때 나타난 것이라고 전제하게 하는군요. 이를테면 집안에서 지아비와 아내가 다툼이 벌어졌다면, 그 원인은 지켜야 할 예의가 미리 허물어진 것이라는 논리를 뒷받침합니다. 아무리 힘들고 괴로워도 지아비 된 이가 아내에게 폭언과 폭행을 드러내 지아비의 의로운 모습이 무너졌다면, 그 아내는 일방적으로 아내의 도리를 지키기가 쉽지 않을 것입니다. 결국 분란과 위기의 발생은 정상적으로 지켜져야 할 예의 상실과 이어진다는 논리가 되네요. 따라서 어르신의 말씀은 매우 합리적이라 여겨집니다.

단군왕검: 하늘이 무너지는 사태에서도 벗어날 수 있게 되는 요체는 다른 것도 아닌 예인 셈이지. 또한 나는 "남녀는 화합으로써 원망치 말고 질투하지 말며 음란치 말

라. 너희는 열 손가락을 씹어보라. 아픔에 크고 작음이 없으니 너희는 서로 사랑하고 서로 헐뜯지 말라. 서로 보살피고 서로 죽이지 말라. 집과 나라가 일어나리라. 너희는 소와 말을 보라. 오히려 그 먹이를 나누고 있으니, 너희는 서로 양보하고 서로 빼앗지 말며, 함께 만들고 서로 훔치지 말라."라고 했지. 이는 한마디로 가정과 사회에서 지켜야 할 윤리를 저버리지 말라는 것이지. 윤리의 강조는 이미 강조한 예와도 이어지는 맥락을 지닌 것이기도 하지.

후손: 윤리와 예를 따른 어르신의 가르침에 머리가 숙여집니다.

단군왕검: 나는 "기울어짐을 부등켜 잡고 약한 것을 깔보지 말며, 구제하고 근심하며 낮은 것을 업신여기지 말라. 너희는 비록 두터운 보따리라도 그 향기는 반드시 새어나오는 것이니, 너희는 아름다운 성품을 경건하게 지니도록 하라."라고 했지. 이는 기울어져 가는 물건을 잡아서 일으키듯이 힘들어하는 사람을 도와주고 아름다운 마음

으로 경건한 삶을 드러내라고 한 것이지.

후손: 상대적으로 열악한 삶을 살아가는 이를 업신여기지도 말게 한 말씀으로 새겨듣겠습니다. 겸손의 미덕을 말씀한 것으로 풀이되네요.

단군왕검: 온 나라 사람을 어우러짐(조화)으로 하나가 되게 하려는 나의 뜻이라네.

맺는 글

1. 다시 요약해보는 단군왕검의 삶과 의미

이제껏 필자는 될 수 있는 한 연대기적인 시간성을 고려하면서 이미 드러났거나 필자가 개인적으로 소장하면서 고찰한 단군왕검과 관련한 서사 자료들의 의미를 다루었다. 그러한 내용을 일목요연하게 함축하기란 쉽지 않았고, 결코 쉬운 일도 아니었음을 고백한다. 하지만 읽는 분들에게 도움을 드리고자 애써 다시금 요약하여 정리해보고자 한다.

단군왕검에 관한 여러 서사 자료에서는 ❶ 출생에 있

어 환인의 후예 또는 아들로 거론되는 환웅의 후예 또는 그 아들로 거론되어 왔다는 점이 두루 확인되었다. 본격적으로 ❷ 단군왕검의 초기에 드러나는 서사의 내용으로 단군왕검이 법률을 만들고 내치 체계의 뼈대를 엮었다는 점을 들 수 있다. 구체적으로 300여 법률을 제정하는 데 구심점이 되었다는 것이 그러하다. 또한 같은 시기에 풍속과 내치 체계의 골격이 세워진 것으로 서술되고 있다. 다음으로 ❸ 우의 조회 참석 통보에, 단군왕검은 이중의 사신을 보내 상고조선의 자주성을 지켰다는 점이다. 또한 상고 조선의 정통 비서 속에 담긴 '통수지리(通水之理)'의 실용적 방략을 온 누리의 평화를 펼친다는 뜻으로 우의 사회에 건네주었다는 점이다. 이어 ❹ 몸소 남행에 나서 백성의 삶을 직접 살폈다는 점이다. 이에는 일부 서사 기록에 '지리산'을 경유했고, 남해에 이르러 '후토(后土)'에 제사를 지냈다는 구체적 내용도 있다는 것을 알 수 있다. 또한 ❺ 남이의 환란을 제압한 점이다. 이어 ❻ 삼랑성과 제천단인 참성단이라는 거대 건축물을 거의 같은 시기에 축조케 하였다는 점이다. 이어 ❼ 단군왕검의 아들 가운데 '부여'를 군사 책임자로 임명하여 '알유'라고 하는 상고 동방사회의 거악 세력을 진압하였다는 점이다. 그리고 단군왕검은 삶의 끝 무렵에 ❽ 온 누리를 밝히는 커다란 가르침을 베풀었다는 점이다. 그것은 ㉠ '하늘의 길틀과 하나가 된 마음을 강하게 말씀하신 것'인데, 사람이 착하게 살려면 우주의 운행 원리인 하늘의 길틀에 바탕을 두어야 한다는 논리로 이해된다. 또한 ㉡ 「집과 나라에 이어져 하나가 된 논리, 효와 충을 내세운 것」이다. 그리고 ㉢ 「예와 윤리 그리고 의리의 소중함을 밝힌 것」으로 요약할 수 있다.

단군왕검의 삶을 좀 더 쉽게 풀어보면, 동방상고 시기에 사람의 삶을 보살피려는 거룩한 '홍익인간'의 뜻을 처음 드러낸 환인의 계통으로 즉위하였기에 지극한 정통성을 지니고 출발한 인물이란 점이 크게 주목된다. 즉위한 뒤에는 먼저 법률의 제정과 풍속의 순화 및 내치의 체계를 다졌으며, 이웃한 우의 정치 집단이 요구하는 바를 국제적 긴장관계 속에서 슬기롭게 처리하였다. 곧 이중의 사신을 보내 실용주의적 조치를 했고 신이한 상고조선의 우주 운영의 원리를 큰 도량으로 전수했다. 또한, 남행을 떠나 민생 평화를 도모함은 물론 남이와 알유라고 하는 환란 세력을 물리치고 삼랑성과 참성단이란 군사시설과 제의시설을 함께 마련하였다. 이처럼 문무 양면의 치적을 드러냈다는 점이 돋보인다. 그리하여 종국적으로는 동방 상고조선 사회인들에게 크게 도움이 되는 가르침을 베풀었다는 것으로 최종 정리된다.

2. 그러면 다시 묻는다. 무엇이 소중한 것인가!

필자가 요약하여 정리한 단군왕검과 연관된 서사의 내용이 역사적 정합성을 갖추고 전래된 것인지를 밝히는 것은 과제로 남겨져 있다. 좀 더 차분한 마음으로 꼼꼼히 그 진위를 판별해야 하는 중요한 학술적 과제인 셈이기도 하다.

필자는 다시 말하거니와 이제까지 우리에게 전승된 단군왕검과 관련된 온갖 서사 내용의 진위를 따지기보다는, 그러한 서사 내용들이 어떤 의미와 가치를 지니고 있었기에 오늘날까지 전승된 것인지를 주목하였다.

단군왕검과 관련된 서사 내용을 보면 결코 상고조선의 사회가 마치 무슨 신선의 세계인 것처럼 화려하게만 거론된 것이 아니라는 것을 알게 된다. 남이와 알유라고 일컬어지는 반란 책동 세력의 존재와 그들의 반란행위를 잠재우려고 실제로 애쓴 과정을 어느 정도 살펴볼 수 있다. 그러한 서사 내용은 우리에게 전승되어 온 단군왕검과 관련한 서사들이 일방적으로 미화하거나 찬양하려는 목적으로만 꾸며진 것이 아니라는 것을 알 수 있게 한다. 역사적 사실성을 어느 정도 반영한 것을 어렴풋이나마 짐작하게 한다는 말이다.

이제 글을 매듭지으면서 이런 생각을 해본다. '그렇다면 오늘날 21세기에 우리가 단군왕검에 관한 서사를 살피면서 어떤 이로움이 있겠는가!' 하지만 나 자신에게 물어보면서도 슬며시 헛웃음이 새어나온다. 『맹자』의 '양혜왕' '상편'에 보이는 내용 때문이다. 양혜왕이 자신을 찾아온 맹자라는 노인을 마주하면서, "우리나라를 찾아오셨으니 우리에게 어떠한 이로움이 있겠나요?"라고 물었고, 맹자는 그에 "따뜻한 사랑(仁)과 떳떳함(義)이 있을 뿐인데 어찌 이익만 따지시냐?"라고 반문했다고 하질 않는가.

맹자의 마음을 바탕으로 한다면 이로움을 따짐은 천박한 것인지도 모른다. 하지만 안으로는 정치 양상이 어지럽고 내수경제는 가라앉았으며, 밖으로는 4대 강국의 민감한 국익 우선의 외교관계에서 치밀한 셈과 슬기를 찾아야 하는 게 우리의 처지다. 하여 이로움을 따지지 않고 무엇을 또 앞세울 것인가. 그러므로 우리는 도리어 양혜왕 다면 참으로 우리가 단군왕검의 서사 내용으로 무슨 이익을 얻을 수 있을 것인지 다시 자문해본다.

하지만 어렴풋이 이런 마음도 새록새록 떠오른다. 단군왕검께서 자신의 안락함에 젖지 않고 지리산을 거쳐 남해안에 이르면서 후토에게 제사를 올렸을 때 느꼈을 간절함! 그리고 남이와 알유의 환란이 발발하자 자신의 아들들을 직접 싸움터에 내보내 모범을 보이고 수습하려던 국가 운영자의 진솔한 태도! 같은 시기에 군사시설인 삼랑성과 제의시설인 참성단을 쌓게 하며 보여준 문무 겸전의 세계관! 삶을 다해가는 생의 마지막 무렵에 하늘과 땅 그리고 사람에 걸쳐 소중하게 여겨야 할 슬기를 집대성하여 모든 백성에게 건네주려던, 슬기와 경륜을 함축한 드넓은 도량! 바로 그러한 품성과 내면의 마음 그릇을 지녔던 단군왕검이었다면 무슨 설명이 더 필요할까 싶다.

이제 글을 매듭지으려 하는데 엉뚱하게 먹구름이 몰려오는 모습처럼 오늘날 동북아 정세가 안타깝게 뒤엉켜 마음을 괴롭힌다. 하지만 상그러운 풀빛같이 곱고도 푸른 하늘빛이 드러나고, 이내 우리를 즐겁게 할 기쁨의 그날이 다시 펼쳐지겠지 하는 기대감도 함께 뒤섞인다. 풋내가 풀풀 나더라도. 더불어 고난과 영광의 상황을 고르게 품었던 큰 마음과 슬기로써 고난과 위기를 모두 헤치고 또 이루었던 단군왕검님의 멋진 서사를 다시 헤아려보면서.

참고 문헌

원문

삼국유사/삼국사기/시자(尸子)/구당서/신당서/오월춘추(吳越春秋)/회남자(淮南子)/세종실록(世宗實錄)/화동인물총기(話東人物叢記)/화남집(華南集)/금오신화(金鰲新話)/성호사설(星湖僿說)/청학집(青鶴集)/오계일지집(梧溪日誌集)/증주진교태백경(增註眞教太白經)

단행본

문화재관리국(1981).『한국민속종합조사보고서(한경남·북도편)』

김시습(1977). 매월당 시집 '제9권', 세종대왕기념사업회.

이시영(李始榮, 1934 최초 저술). 감시만어(感時漫語), 일조각.

이능화 저·이종은 역주(1996). 조선도교사, 보성문화사.

김광(金洸, 1905) 편차(編次). 대동사강(大東史綱).

권상로(權相老, 1988). 조선종교사(朝鮮宗教史).

모리노 다쿠미·마쓰시로 모리히로. 이만옥 옮김(2003). 고대유적, 들녘.

프로이트 저, 이윤기 옮김(2016). 종교의 기원, 열린책들.

안확, 송강호 역주(2015). 조선문명사, 우리역사재단.

서대석(2004).『한국의 신화』, 집문당.

복기대(2019). 홍산문화의 이해, 우리역사재단.

서울대학교 규장각(2005). 巫黨來歷, 民俗苑.

송준호 역(2007). 신선의 그림과 이야기(원제: 列仙圖), 다운샘.

에밀 뒤르켐, 민혜숙·노치준 옮김(2021). 종교생활의 원초적 형태, 한길사.

유안(劉安), 안길환 편역(2001). 淮南子, 上, 明文堂.

유향(劉向), 김장환 옮김(1996). 열선전(列仙傳), 예문서원.

인천광역시 강화군(2007). 참성단 정밀안전진단 용역 보고서, 한국건설품질연구원, 136.

전경수·주영하(2006). 서불과 남해, 남해군 학술심포지엄 자료집, 남해군.

최몽룡(崔夢龍)·김선우(金仙宇) 편저(2000). 韓國 支石墓 硏究 理論과 方法, 주류성.

클라아크 하우얼 해설(1982). 라이프 대자연 시리즈(원시인), (주)한국일보 타임-라이프.

하문식(河文植)(1999). 古朝鮮 지역의 고인돌 硏究, 백산자료원.

한국역사민속학회(1997). 한국의 암각화, 한길사.

황수영(黃壽永)·문명대(文明大)(1984). 盤龜臺岩壁彫刻, 東國大學校 出版部.

르네 위그 저·김영화 역(1981), 예술과 영혼, 열화당.

蓋山林(1986). 陰山岩畵, 文物出版社.

논문 및 역사 관련 소론

노태돈(2004).「단군은 우리에게 어떤 존재인가」,『고조선·단군·부여』, 고구려연구재단.

박선식(2022).「파주 빙고재의 알굼떼 바위널에 관한 試考」,『파주연구』16, 파주문화원.

박선식(2020).「단군세계상탐기(檀君世系詳探記)에 관한 시론적 검토」,『韓國思想과 文化』(제102집), 한국사상문화학회.

박선식(2015).「동북아 상고사회 내 '알유' 세력의 대두와 강대읍락 군사 수장들의 상호 간 무력 대응」,『학예지』(제22집), 육군사관학교 육군박물관.

기타

박선식(2023.06.23).「한국상고사회와 태호-구망 관련 문화의 연계성」, 2023 대한국제학술대회 발표 자료.

卜工(2013.05.23). 读石峁古城 看文明亮点, 光明日报, https://about.gmw.cn/node_21441.htm

宋宇晟(2014.02.20).陕西石峁遗址再发现女性头骨专家：与祭祀有关,西安晚報, http://www.chinanews.com

彝族人網, https://www.zhihu.com

吴汝祚(2013). 大凌河地区的文明起源, 文明起源数据库2, http://www.kaogu.cn/cn/lianxiwomen/

中國國際圖書貿易總公社(1987). 考古(第,5期), 科學出版社.

湖北日报(2022.06.14). 三星堆又有新发现！青铜神坛或展现古蜀人祭祀场景 央视新闻客户端, http://m.cnhubei.com

한민족의 정체성을 만든 인물들을 통해, 삶의 지혜와 미래의 길을 연다.

고대

신화가 아니라 실재했던 한겨레의 국조

나는 단군왕검이다

서로 잘 어우러져 하나가 되는 홍익인간 공공사회를 일구었노라

"나는 임금이 되어 우리 겨레를 홍익인간의 삶으로 이끌려 애썼다. 그러면서도 자연의 원리에서 떠나지 않으려 했다. 융통성을 바탕으로, 공동체를 사안에 따라 매우 유연하고도 능란하게 운영하려고 했다. 반란과 대홍수를 이겨내고 모두 하나가 되는 공공사회를 일구었노라."

-단군왕검이 독자에게-

박선식 지음 | 값 14,800원

근대

삼한갑족 노블레스 오블리주의 대명사

나는 이회영이다

동서고금을 통해 해방운동이나 혁명운동은 자유와 평등을 추구하는 운동이었다.

"한 민족의 독립운동은 그 민족의 해방과 자유의 탈환을 뜻한다. 이런 독립운동은 운동 자체가 해방과 자유를 의미한다. 태고로부터 연면히 내려온 인간성의 본능은 선한 것이다."

-이회영이 독자에게-

이덕일 지음 | 값 14,800원

한국 인물 500인 신간 소개

근대

육성으로 직접 들려주는 독립군 장군 일대기

나는 홍범도다

내가 오지 말았어야 할 곳을 왔네
나, 지금 당장 보내주게

야 이놈들아, 내가 언제 내 흉상 세워 달라 했었나.
왜 너희 마음대로 세워놓고, 또 그걸 철거한다고
이 난리인가. 내가 오지 말았어야 할 곳을 왔네.
나, 지금 당장 보내주게. 원래 묻혔던 곳으로
돌려보내주게. 나, 어서 되돌아가고 싶네.
-홍범도가 독자에게-

이동순 지음 | 값 14,800원

근세

여성 최초 상인 재벌과 재산의 사회 환원

나는 김만덕이다

가난을 돌이킬 수 없는
수치로 여겨라

어진 사람이 나랏일에 간여하다가도 절개를 위해
죽는 것이나, 선비가 바위 동굴에 은거하면서도
세상에 이름을 떨치게 되는 건, 결국 자기완성이
아니겠느냐. 여성의 몸으로 내가 상인으로
나선 이유도 이와 다르지 않다.
-김만덕이 독자에게-

박상하 지음 | 값 14,800원

근세

지킬 것은 굳게 지킨 성인군자 보수의 표상

나는 퇴계다

'완전한 인간'을 위한
자기 단련의 길이 나 퇴계다

"나는 책이 닳도록 수백 번을 읽었다. 그랬더니 글이 차츰 눈에 뜨였다. 주자도 반복해서 독서하라고 이르지 않았던가? 다른 사람이 한 번 읽어서 알면, 나는 열 번을 읽는다. 다른 사람이 열 번 읽어서 알게 된다면, 나는 천 번을 읽었다."
-퇴계가 독자에게-

박상하 지음 | 값 14,800원

근세

보수의 대지 위에 뿌린 올곧은 진보의 씨앗

나는 율곡이다

바꾸자는 개혁의 길
너의 생각이 나 율곡이다

"나라는 겨우 보존되고 있었으나, 슬픈 가난으로 시달리는 백성들은 온통 병이 깊어 숨이 넘어갈 지경이었다. 백척간두에 선 채 바람에 이리저리 위태롭게 흔들리고 있었다. 내가 개혁을 외치고 나선 이유다."
-율곡이 독자에게-

박상하 지음 | 값 14,800원

한국 인물 500인 신간 소개

고대

배달 민족의 얼인 고대 동아시아 지배자

나는 치우천황이다

대동 세상을 열려는 너희 본디 마음이 나 치우다

"나는 천산산맥 넘어 해 뜨는 밝은 곳을 향해 내려와 신시 배달국을 열었다. 너도 하느님 나도 하느님, 너도 왕이고 나도 왕이니 서로서로 섬기는 대동 세상 터를 닦고 넓혀왔다. 하여 뭇 생명이 즐겁고 이롭게 어우러지는 세상을 열려는 너희 본디 마음이 곧 나일지니."
-치우천황이 독자에게-

이경철 지음 | 값 14,800원

근세

현모양처의 대명사인 한 여성의 삶과 꿈

나는 사임당이다

많이 알려졌어도 실제 내 삶을 아는 사람은 드물구나

"나만큼 많이 알려진 인물도 없다. 그러나 나만큼 제대로 알려지지 않은 인물도 없다. 율곡의 어머니, 겨레의 어머니, 현모양처의 모범과 교육의 어머니로 많이 알려졌어도 실제 내 삶이 어떠했는지 아는 사람은 거의 없다. 나는 내 삶을 바르게 살고 싶었을 뿐이다."
-사임당이 독자에게-

이순원 지음 | 값 14,800원

현대

남북한과 동서양의 화합을 위해 헌신한 삶과 음악

나는 윤이상 이다

남북통일과 세계의 화합과 평화를 염원하며 작곡했다

"나는 남한과 북한, 동양과 서양, 고전과 현대의 경계에 서서
화합을 모색해 왔다. 우리 민족혼을 바탕으로 민주화와
통일을 갈망했고 세계가 전쟁과 핵 공포에서 벗어나
평화와 평등의 세상으로 나가기를 바랐다.
내 음악은 이 모든 염원의 표상이다"
-윤이상이 독자에게-

박선욱 지음 I 값 14,800원

현대

모국어로 민족혼과 향토를 지켜낸 민족시인

나는 백석 이다

깊은 슬픔을 사랑하라

분단의 태풍 속에서 나는 망각의 시인이었다.
하지만 한국의 독자들은 다시 내 시에
영혼의 불을 지폈다.
나는 언제나 외롭고 높고 쓸쓸한 시인이다.
-백석이 독자에게-

이동순 지음 I 값 14,800원